KB159407

이 책을 부모님 영전에 바치며
가족을 위해 애써준 아내에게 감사한다.

열정 행원 '쫄 고졸' 진심 질주

10억 달러 투자 협상으로 거대은행 퇴출 막다

열정 행원 '쫄 고졸' 진심 질주

차례

제2장 | 일본을 배우고 친교를 넓히다

제3장 | 가족 건강 지키는 효소와 자연요법 연구

프롤로그

바람 앞의 등불, 초유의 국가 부도 위기

돌 반지, 금메달,
추기경 십자가까지 내놓아

1997년 대한민국은 '국가 부도' 위기를 맞았다. 5000년 역사에 듣도 보도 못한 'IMF(국제통화기금) 사태'에 들어선 것이다. 아시아 지역을 중심으로 발생한 심각한 외환 유동성 위기에 휩쓸려 들어가 당장 내일 어떻게 될지 앞날을 예측할 수 없었다.

이런 사태에 이르기까지 정부는 29번째로 OECD(경제협력개발기구)에 가입해 선진국 클럽에 합류했다는 자만감에 부풀어 현실을 직시하지 못했고, 기업들은 한참 빗나간 금융 정책 아래 무분별한 차입에 의존하며 경쟁적인 과잉투자를 벌이고 있었다. 원화는 고평가되었고, 외환보유고는 부실한 운용으로 바닥이 나버렸다.

무려 30여 개나 되는 종합금융사들이 일본 등지에서 1년 이하 단기외채로 끌어들인 돈을 동남아시아에 3~4년 장기외채로 빌려주는 이자 놀이에 재미를 붙였다가 어느 날 갑자기 자금 고갈 위기에 부닥쳤다. 96년 들어 일본의 은행들이 한국에 빌려준 외채를 회수하기 시작한 것이다.

태국이 고정환율제를 포기하면서 동남아시아에 통화 위기가 발생했고, 이것이 동북아시아를 거쳐 세계 경제에 불안을 초래하자 한국뿐 아니라 아시아 전체에 경제 위기가 덮쳐들었다.

국내에서 열 손가락 안에 꼽히던 대기업과 은행이 날마다 하나씩 무너지며, 대규모 실업과 대량의 부동산 매각이 일어났다. 사실상 한국에서 최초로 일어난 경제 위기 사태였다. 한국의 1인당 GDP는 사태 직전까지 감소한 적이 없었고, 국가에서 경제 위기 상황을 인정한 적도 없었다. 이런 갑작스러운 외환 위기 사태는 국민에게 엄청난 충격을 주었다.

정부는 한국의 외환보유량이 매년 300억 달러를 유지한다며 국민을 안심시켰으나 실상은 그 5배를 뛰어넘는 1530억 달러의 막대한 외채가 확인되었다.

우여곡절 끝에 정부는 IMF에 구제금융을 신청해야 했고, IMF는 다음과 같은 조건으로 이를 승인했다.

*국내 금융기관에 대한 외국인 투자자의 인수합병 허용

*노동시장의 유연성 확보

*기업 회계제도의 투명성 보증

경제 위기 이전의 성장 이면이 확연히 드러나면서 대한민국은 경제 위기 이후 한동안 벼랑 끝으로 추락해 사회적으로, 경제적으로 막대한 후유증이 나타났다.

바로 이럴 때, 국내에서는 '금 모으기 운동'이라는 세계적으로 유례없는 국민운동이 벌어졌다. 국가의 부채를 갚기 위해 국민들이 소중하게 간직하고 있던 금을 자발적으로 내놓는 운동이었다. 운동에 참여하는 국민이 금을 내놓으면 전문가가 감정한 확인서를 받게 되며, 수출해서 받은 달러를 당시 환율과 금의 국제시세로 평가해 나중에 원화로 돌려주는 방식이었다. 전국적으로 351만 명이 참여한 이 운동으로 18억 달러어치의 금 227톤이 모였다. 당시 이 운동에 직접 참여한 김대중 대통령은 후일 자서전에서 회고했다.

날마다 감동적인 일이 벌어졌다. 전국의 은행마다 금붙이를 든 사람들이 줄을 섰다. 금반지, 금목걸이가 쏟아져 나왔다. 하나같이 귀한 사연이 담긴 소중한 증표들이었다.

백성들이 나라의 빈 곳간을 자신의 금으로 채우고 있었다. 신혼부부는 결혼반지를, 젊은 부부는 아이의 돌 반지를, 노부부는 자식들이 사준 효도 반지를 내놓았다. 운동선수들은 평생 자랑거리이며 땀의 결정체인 금메달을 내놓았다.

김수환 추기경은 추기경 취임 때 받은 금 십자가를 쾌척했다고 한다. 그 귀한 것을 어떻게 내놓으시냐고 주위에서 아까워하자 이렇게 말했다고 한다.

"예수님은 몸을 버리셨는데 이것은 아무것도 아니다."

몰려오는 먹장구름 속에 평생직장 떠나다

1968년 목포상업고등학교를 졸업하고 고졸 행원으로 조흥은행에 입행한 나는 이때 서울의 롯데호텔출장소장이었다. 그즈음 어느 날, 일본계 은행 책임자와 저녁 식사를 하는데 그가 취중에 이런 말을 했다.

"본점 지시인데, 한국의 대기업에 나간 대출을 연장 없이 전부 회수하라고 하네요."

은행에서 대출을 담당해온 사람으로서는 놀라운 정보였다. 외국계 은행은 국내 대기업에 대출할 때, 부동산 담보를 한국의 시중은행에 설정하고 보증서를 받아서, 이 보증서를 담보로 대출했다. 그러니 대출을 회수하려면 보증서만 교환에 넘기면 그만이었다. 최종 자금 부담은 결국 시중은행으로 넘어간다.

또 어느 날은 국내 자동차회사에 투자지분을 가지고 있는 일본기업 사장을 방문했더니 그분이 말씀하셨다.

"한국 자동차의 해외 판매를 해달라고 하는데 가격 경쟁력이 약해서 안

팔려요. 한국의 기업환경이 경쟁력을 회복하려면 앞으로 시일이 많이 필요할 겁니다."

대한민국에 싸늘한 동토의 계절이 다가오고 있었다. 국내 금융과 경제 상황이 심상치 않았다. 지점으로 돌아오는 발걸음이 왜 그렇게 무거운지 천근만근이었다.

아, 이제 은행에도 찬바람이 불겠구나! 그런데도 은행이 나에게 영원한 직장이 될 수 있을까 의구심이 들었다.

며칠 후, 가슴이 찢어지는 통증에 잠을 이룰 수 없어서 뜬눈으로 밤을 새웠다. 병원으로 달려가 보니 대상포진으로 진단이 나왔다. 대상포진이라는 건 난생처음이었다. 도대체 어떻게 이토록이나 아플 수가 있을까. 심신이 지쳤다는 증거가 틀림없었다. 무리해서 면역력이 떨어진 것이라고 했다.

아, 내가 건강을 잃으면 우리 가정은 누가 돌보나? 아무 생각 없이 앞만 보고 질주해왔구나! 깊은 회의감이 엄습해왔다. 일본기업 내에 한국 경제에 대한 비관적인 소문이 많이 퍼져 있다는 나만의 정보가 그 회의감을 더욱 부채질했다.

그때 마침 중화학과 전자, 조선, 정밀 산업용 기계 등으로 유명한 일본의 H그룹에서 성실하고, 능력 있고, 일본어에 능숙한 책임자급 한국인 인재를 소개해 달라는 부탁이 들어왔다. 수소문해 보았으나 주위에 믿을 만한 사

퇴직 전 5년 동안 5차례나 표창장을 받다.

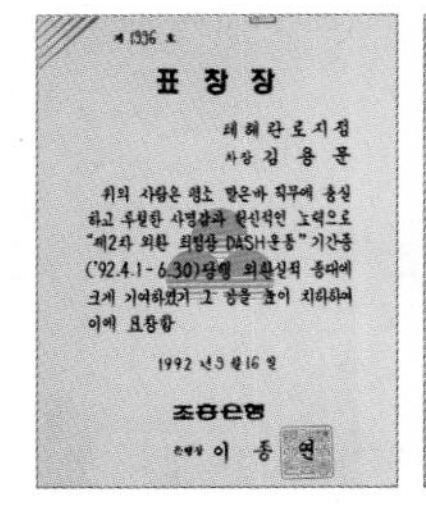
제 1336 호

표 창 장

[illegible] 지점
차장 김 용 문

위의 사람은 평소 맡은바 직무에 충실하고 투철한 사명감과 헌신적인 노력으로 "제2차 외환 획득상 DASH운동" 기간중 ('92.4.1-6.30)당행 외환실적 증대에 크게 기여하였기 그 공을 높이 치하하여 이에 표창함

1992년 3월 16일

조흥은행
은행장 이 종 연

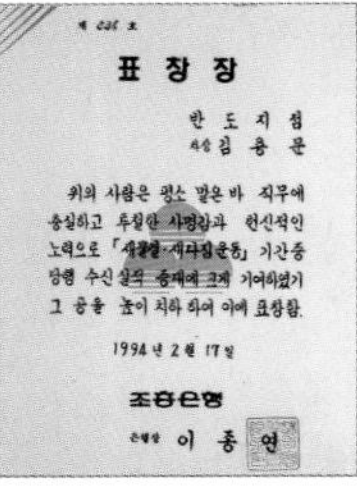
제 [illegible] 호

표 창 장

반 도 지 점
차장 김 용 문

위의 사람은 평소 맡은바 직무에 충실하고 투철한 사명감과 헌신적인 노력으로 「새생활·새다짐운동」 기간중 당행 수신실적 증대에 크게 기여하였기 그 공을 높이 치하하여 이에 표창함.

1994년 2월 17일

조흥은행
은행장 이 종 연

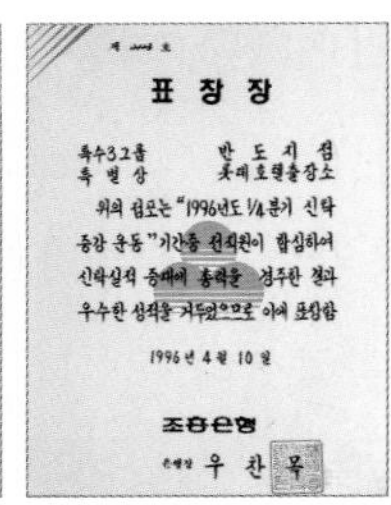
제 [illegible] 호

표 창 장

특수32호 반 도 지 점
특 별 상 롯데호텔출장소

위의 점포는 "1996년도 1/4분기 신탁증강 운동" 기간중 전직원이 합심하여 신탁실적 증대에 총력을 경주한 결과 우수한 성적을 거두었으므로 이에 표창함

1996년 4월 10일

조흥은행
은행장 우 찬 목

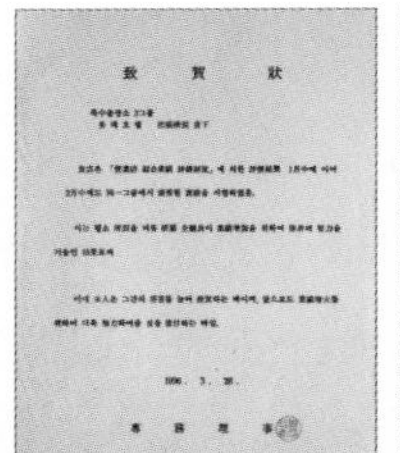

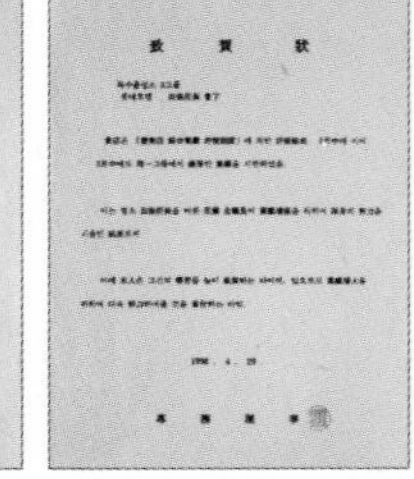

람이 없었다.

그 무렵 조흥은행 지점장들이 본점 회의에 참석하고 돌아가는 길에 지하철 입구에 있는 우리 롯데호텔출장소에 들러 차 한잔 나누고 가는 일이 몇 차례 있었다. 지점 대부분이 경영이 어렵고 기업들이 부실해 불안하다는 탄식이 쏟아졌다. 그러고 나서 돌아가는 지점장들의 뒷모습이 다들 힘이 없어 보였다. 돌이켜보면 그때가 바로 IMF 사태 직전이니 당연한 일이었다.

지점장이 꿈이었던 나도 그들과 같은 모습이 되지 않을까? 지금까지 열심히 해왔는데 내 앞날에 먹구름이 가득 끼었구나, 어떡하지? 구인을 부탁한 일본 대기업에 다른 사람 말고 나를 추천해볼까?

1996년 12월 21일, H그룹 일본 본사 인력개발부장이 서울에 와서 나를 인터뷰했다. 그리고 일주일 후 '오케이' 답을 보내왔다. 12월 31일, 나는 명예퇴직을 신청하고 사표를 제출했다. 그날 밤 아내는 퇴직 소식을 듣고 거의 혼절 상태에 빠졌다.

"평생직장으로 알고 있었는데 사표라니요?"

나는 일본지점 근무를 마치고 돌아와 퇴직할 때까지 만 5년 동안에 5차례나 예금과 신탁 수신 표창을 받을 정도로 열성적으로 근무했다. 사표를 제출하고 보니 내가 근무하던 롯데호텔출장소에 내가 권유해서 관리하던 일본인 금전신탁이 수백억 원이나 있었다.

이 사실을 잘 알고 계신 신탁담당 상무님이 이를 빼가면 어쩌느냐고 일본인 예금주 설득차 일본 출장을 좀 다녀와 달라고 부탁하셨다. 그러나 인사부에서 '사표를 제출한 직원을 해외에 출장 보낼 수 없다'고 반대해 불발되었다. 은행도 이윤을 추구하는 사기업인데 실리를 얻을 수 있다면 명분이나 규정은 잠시 후퇴시켜도 좋지 않을까?

도쿄지점에 근무하다 갑자기 전두환 정부에서 오사카에 지점을 열라는 엄명이 떨어졌을 때는 해외지점에서 해외지점으로 부임하는 비용과 출장비 같은 규정이 없어서 인사부에서 임시로 '실지급 금액이 바로 규정'이라는 어설픈 잣대를 적용했다. 그랬는데 이제는 사표를 낸 직원은 출장을 보낼 수 없다는 규정을 들이댄다면 그 적용 잣대가 너무 다르지 않나 생각되었다. 더구나 사표가 수리될 때까지는 엄연히 직원 신분임이 분명한데.

어떻든 당시 인사부는 나 때문에 고생이 많았다. 늦었지만 송구한 마음 금할 길이 없다.

퇴직하고 5개월이 지난 후 미국의 '유리 시스템스'를 창업한 벤처기업가 김종훈 회장의 장인어른에게서 연락이 왔다.

"우리 김종훈 박사 좀 도와주세요. 한국과 아시아 태평양 지역의 비즈니스 거점을 한국에 설립하려고 하는데, 국내와 국제 금융을 잘 아는 경력자가 필요해요. 김 소장이 적임자예요!"

"업종이 뭔데요?"

"IT 정보통신……."

뭐라고 설명하는데 용어부터 생소했다.

미국에 거주하는 김종훈 회장의 장인어른을 알게 된 것은 롯데호텔출장소 창구에서였다. 개인 업무를 위해 은행을 찾아오셨는데 한국의 금융 제도를 잘 모르셨다. 그래서 내 자리로 모셔서 은행 업무를 자세하게 설명하고 처

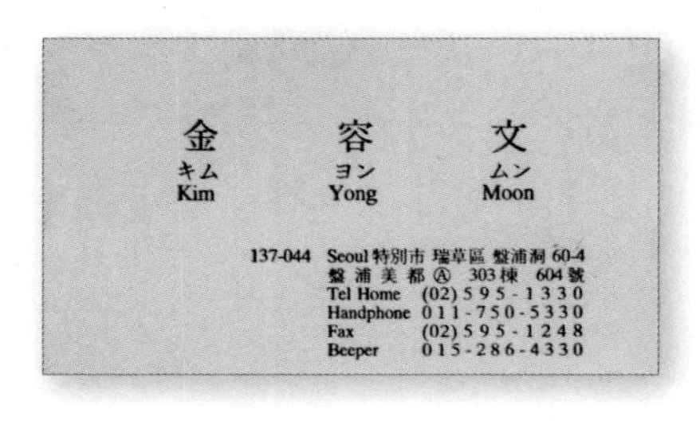

명퇴 후 나를 찾는 사람을 위해
은행 창구에 놓아둔 명함

리해 드린 것이 인연이 되었다.

그 이후 1년에 한두 차례 한국에 나오셨는데, 그때마다 함께 식사하면서 국내외 경제 전반에 관해 질문을 많이 하셨고, 나는 진심을 담아 성의껏 대답해드렸다. 그런 시간을 오래 가지다 보니 서로 인간적 신뢰가 쌓이게 된 것이다.

그분과 다시 연결이 가능할 수 있었던 것은 자그마한 내 아이디어 덕택이었다. 나는 예정에도 없이 갑작스럽게 명예퇴직을 하게 되자, 이후에 혹시라도 나를 찾는 고객이 있으면 건네달라고 개인 명함을 만들어 가져다주며 창구직원들에게 부탁해 두었다. 명함에는 집 주소와 핸드폰 전화번호, 집 전화번호, 집에 특별히 설치한 팩스 번호까지 있었다.

퇴직 후 내가 없을 때 김종훈 회장 장인어른이 은행에 오셔서 내 명함을 받아 전화를 여러 번 하신 것이다. 당시 나는 심란해하는 아내의 기분 전환을 위해 부부가 함께 남해안 섬에 가서 쉬고 있었는데, 그분이 수차례 통화를 했으나 연락이 닿지 않자 집에 있는 팩스에 메시지를 남기셨다.

당시에도 핸드폰은 가지고 있었으나 그때만 해도 오지나 도서지방에서는 무용지물이었다.

'어찌 이렇게 연락이 안 될 수가 있어요? 이 팩스를 보면 바로 미국으로 전화해주세요.'

이 개인 명함 한 장 덕분에 김종훈 회장과 함께 일할 수 있게 되었고, 그것이 큰 성과를 이루었으니, 인간관계가 얼마나 중요한 일인지 생각할 점이 많다. 은행을 퇴직하면서 옛 고객들과 통신을 위해 집에 팩스를 설치하는 직원이 나 말고 또 있을까 하는 생각도 해본다. 이 팩스 기계 한 대가 나의 제2 인생을 열어준 수호천사였다.

영어 못하는 14세 미국 이민자, 벤처 거물로 성장

1961년 서울에서 태어난 김종훈 박사는 미국의 유명한 과학자이자 기업인이다. 알카텔-루슨트의 최고전략책임자와 벨 연구소(Bell Labs) 소장을 역임했다.

2006년 알카텔과 루슨트 테크놀로지의 합병으로 설립된 알카텔-루슨트는 2016년 이후 노키아의 자회사가 되었고, 본사는 프랑스에 있다. 현재 130개 이상 국가에서 유무선 통합 네트워크 하드웨어, IP 기술, 소프트웨어 서비스 등을 제공한다. 2015년 한 해 매출액 143억 유로, 총자산 약 232억 유로, 총 직원 5만2000여 명이다.

벨 연구소는 미국 전화망의 대부분을 운영하는 '벨 시스템'의 연구부문으로 1925년에 설립된 거대연구소다. 중앙연구소 외에 수십 개의 연구실을 보유하고 있으며, 약 2만여 명의 직원이 있고, 연구에 종사하는 과학자와 기술자만도 1만여 명이 넘는다.

김종훈 박사는 2013년 2월, 대한민국 제18대 대통령직인수위원회에서 미

40대 초반에 세계 거대기업과 미국 최고연구소 수장을 지낸 김종훈 박사, 이명박 서울시장 초청으로 수차례 방한하며 자문에 응했다

김종훈 박사(가운데)와 '유리 코리아' 정영태 사장(왼쪽 2번째) 그리고 저자(오른쪽 2번째)

래창조과학부 장관 후보자로 지명되었다, 그러나 3월 4일 장관 후보직을 사퇴하고 미국으로 돌아갔다.

서울 정릉 산골짜기의 가난한 동네에서 살던 그는 14살에 가족과 함께 미국 메릴랜드주로 이민 갔으나 생활이 매우 힘들었다. 수줍음이 많고 영어를 한마디도 못 해 학교 적응이 쉽지 않았다. 백인 아이들에게 놀림을 받으며 점심값 50센트가 없어서 정부에서 빈민들에게 나누어주는 식권으로 끼니를 때워야 했다. 창피한 마음에 점심을 거르는 날이 더 많았다고 한다.

당시 스트레스가 너무 심해서 학교에서 집으로 돌아올 때면 항상 코피가

고려대학교 산학 프로젝트에 참가한 김종훈

났다고 한다. 영어가 너무 어눌해 고등학교 시절에는 학교 감사관이 지능이 떨어지는 것 아니냐며 별도로 IQ 검사를 받게 했다. 분석력과 이해력은 뛰어난데 기억력은 그보다 못하다는 결과가 나왔다. 그래서 외울 게 많은 의사는 안 되겠고, 말이 어눌하니 변호사도 어렵겠고, 과학자나 공학자가 되어야겠다며 진로를 결정했다고 한다.

그는 생계유지를 위해 다양한 아르바이트를 해야 했다. 그러다가 가정생활이 어려워져 17세 때 집에서 아버지에게 쫓겨났다. 그런데 고등학교 선생님이 이런 사정을 알고 자기 집 지하실에서 낮은 월세로 살게 해주었다. 뒤에 벤처 사업가로 성공한 그는 그 선생님 이름으로 고등학교에 큰 기부를 했다.

고등학교 때 수학 선생님이 그에게 처음 나온 애플 PC를 보여주자 그는 즉시 거기에 빠져들어 꿈을 키웠다.

'스티브 잡스가 했다면 나라고 못 한다는 법은 없잖아!'

미국 해군 시절

그는 고등학교를 전교 2등으로 조기 졸업하고, 명문 존스홉킨스대학교 전자공학과에 전액 장학생으로 진학, 3년 만에 우등으로 졸업했다. 그의 부지런함과 집중력은 대학 친구들에게 유명하다. 도서관에서 논문을 쓰다가 배가 고파 시계를 보니 2시여서 점심을 먹으려고 바깥에 나와보니 새벽 2시였다는 일화가 있다.

그러면서 첨단 분야에 눈을 뜨기 시작했다고 그는 인터뷰에서 말했다.

"대학 시절 컴퓨터에 미쳐 있었어요. 애플의 스티브 잡스가 초기 PC를 개발했을 때 이건 세상을 바꿀 대단한 기술이라고 직감하고 내가 직접 컴퓨터를 만들려고 했지요."

대학 졸업 후 미국 해군에 입대해 7년 동안 원자력 잠수함 승선 장교, 국방부 핵무기연구소 원자에너지 연구 장교 등으로 복무했다. 군 복무 중 존스홉킨스 대학교에서 기술 경영학 석사 학위를 받고, 전역 후 메릴랜드대학교가 최초로 수여한 신뢰성 공학 박사학위를 2년 만에 취득했다.

1992년, 서로 다른 시스템 간의 전기적 의사소통에 관한 연구를 위해 회사를 설립하고, 딸의 이름을 따 '유리 시스템스'로 이름을 정했다. 그리고 군대의 야전 시스템에서 사용하는 음성과 자료, 영상을 전송하는 기술 개발에 성공했다.

그동안 집을 담보로 40만 달러를 빌리고, 신용카드를 최대한도까지 쓰기도 했다. 뒤이어 무선 장치를 위한 비동기 전송 방식 스위치 개발을 이끌었다.

김종훈은 고등학교 때 수학 선생님을 회사에 영입하기도 하고, 미국 국방장관을 역임한 윌리엄 페리를 이사로 모시기도 했다. 그러면서 미국 기술 기업가들 사이에서 가장 인정받는 인물이 되었다.

유리 시스템스는 그가 37세 때인 1998년 루슨트 테크놀로지에 10억5000만 달러에 매각되었다. 미국의 순위 선정 발표로 유명한 〈포브스〉 지는 미국 400대 갑부에 김종훈을 선정했다. 그의 재산은 5억6000만 달러, 당시 우리 돈 약 6600억 원이었다. 그는 회사 매각 때 임직원들에게 주식의 40%를 나눠주어, 임직원 20명 이상이 백만장자 반열에 합류하게 되었다.

"아무리 잘나고 똑똑해도 혼자서 할 수 있는 일은 아무것도 없다. 훌륭한 팀워크만이 성공의 길이다"

그의 말이었다.

매각 이후 루슨트의 광대역 캐리어 네트워크 부문 사장에 올라, 메릴랜드대학교의 신뢰성 공학 및 전자공학 교수로 임명되는 2001년까지 재직했다. 44세 때인 2005년에는 루슨트 테크놀로지를 인수한 벨 연구소 소장으로 합류했다.

전화기를 발명한 그레이엄 벨의 이름을 따 설립한 이 연구소는 세계 최고 수준의 민간 연구개발 기관이다. 설립 이래 3만3000개가 넘는 특허와 14명의 노벨과학상 수상자를 배출했다. 20세기에는 정보통신 네트워크 시대를

김종훈 박사는 세계를 돌며 강연도 많이 했다.

이끌었고 21세기 들어서는 커뮤니케이션 혁신에 집중하고 있다.

하지만 김종훈 박사는 몇 차례나 고사했다.

“나는 아직 자격이 부족하다.”

벨 연구소 역사상 소장 제의를 거절한 사람은 그가 처음이라고 한다. 루슨트 측의 삼고초려 끝에 그는 어쩔 수 없이 벨 연구소 수장직에 올랐다. 벨 연구소 최초 외부인이자 최연소 수장이었다.

그는 2013년 한국의 미래창조과학부 장관으로 지명되었다. 야당은 청문회 시작 전부터 그에 대한 많은 의혹을 제기했다. 그러다가 결국 그는 내정자 임명 17일 후 사퇴를 발표하고 다음 날 미국으로 돌아갔다.

김종훈은 〈조선일보〉와 인터뷰에서 감회를 밝혔다.

“나는 순진했다. 한국 정치권과 관료사회의 변화에 대한 저항이 국적 문제와 국가에 대한 충성심 부족 가능성을 이유로 나의 장관 임명을 반대했다.

한국의 정치와 비즈니스 환경에서는 이방인인 내가 장관직을 수행할 수 없다는 것이 명백해졌다. 그래서 포기했다."

그는 자신이 어릴 때 미국에 이민 가서 문화와 언어 장벽을 극복하고 성공하게 된 과정을 소개하고 자기 생각을 말했다.

"이 같은 성공으로 미국 중앙정보국 자문위원을 맡게 되었는데 결국 이것이 장관직을 포기하는 계기가 되었다. 미국에 대한 나의 사랑은 강하고 깊어서 미국에 헌신하게 되었고, 내가 축복받았다고 생각한다. 그러나 나는 내가 태어난 나라도 항상 사랑해 왔다. 그래서 미국에서 만난 한국인 여성과 결혼했고, 여름방학만 되면 두 딸을 데리고 한국을 방문했다. 한국의 여러 대학교와 협력 프로젝트도 진행해 왔다. 21세기에 가장 성공하게 될 나라 대한민국은 민족주의와 관련된 오래된 편견을 뛰어넘어야 한다. 국적을 불문하고 전문가들을 많이 끌어들여야 한다."

2억 달러 투자 약속받은 명퇴 직원 '쫄 고졸'

나는 97년 7월 유리 시스템스의 한국 현지 법인 '유리 코리아' 설립에 착수했다. 그해 12월 한국은 IMF 구제금융 절차에 들어갔고, 김종훈 회장은 98년 2월, 조흥은행 본점을 방문해 2억 달러 투자를 협의했다.

그리고 그해 6월 10일, 김대중 대통령이 미국을 방문해 백악관에서 클린턴 대통령과 함께하는 만찬 자리에 김종훈 회장 부부를 초대하고, 그의 조흥은행 투자를 발표해 공식화되었다. 이 기사는 한국 언론에 대서특필되었고, 김대중 대통령의 중요한 방미 성과로 기록되었다.

김종훈 회장은 처음엔 단순히 2억 달러를 예금할 계획이었으나 실사 과정에서 규모를 5배나 늘려 10억 달러를 투자하는 것으로 바꾸었다. 그만큼 한국에 대해 진정성을 보이며 적극적으로 투자에 임했다.

IMF 당시 김 회장이 자신이 설립한 미국 벤처기업을 천문학적 액수로 매각하자 세계 언론에서는 그를 천재라고 호평했다. 하지만 그동안 내가 옆에서 지켜본 바로는 천재로 타고난 것이 아니라 오로지 꿈을 지니고 부단하게

유리벤처장학회가 후원한 정보통신부 벤처창업 경진대회 시상식(맨 왼쪽이 저자)

노력한 결과라는 평범한 진리를 알게 되었다.

유리 코리아는 김 회장 처남이 대표이사를 맡고, 나는 상무이사를 맡아 실무를 처리했다. 나는 이밖에 김 회장이 설립한 유리 벤처 장학회 감사직을 맡아, 당시 국내 대학교 벤처 동아리 선발 및 지원, 발전 방향에 대해 조언하고 보완하는 활동을 수행했다. 이러한 활동으로 99년 12월, 남궁석 정보통신부 장관 표창을 받았다.

일반적으로 직장을 중도에 퇴직하면 다니던 직장에 대해 서운한 감정이 많이 생긴다고 하는데, 나는 전혀 그렇지 않았다. 명예퇴직에 관한 판단은 순전히 내 개인적인 관점이었을 뿐이다. 나는 조흥은행 덕분에 사회적으로 크게 성장할 수 있었다. 그래서 감사한 마음을 잊지 않았기 때문에 김종훈 회장이 거액을 고국의 은행에 예치하겠다는 의사를 비쳤을 때, 주저 없이 조흥

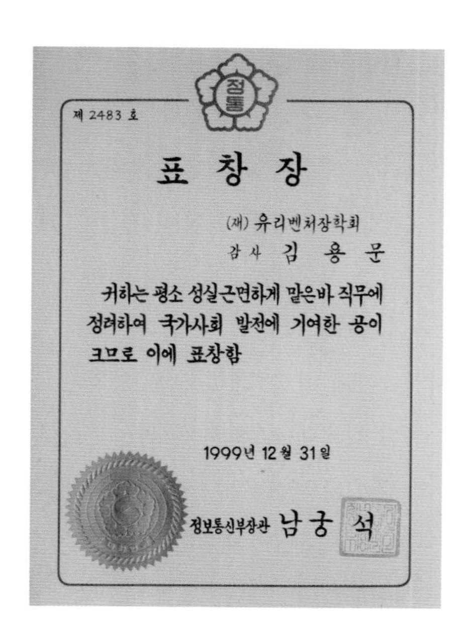

제 2483 호

표 창 장

(재) 유리벤처장학회
감사 김 용 문

귀하는 평소 성실근면하게 맡은바 직무에 정려하여 국가사회 발전에 기여한 공이 크므로 이에 표창함

1999년 12월 31일

정보통신부장관 남 궁 석

유리벤처장학회 활동으로
정보통신부 장관에게 받은 표창장

은행으로 안내할 수 있었다.

김종훈 회장 같은 정보 통신계의 세계적 거물과 인연을 맺을 수 있었던 것도 조흥은행에서 근무한 덕택이었으니까.

김종훈 회장의 투자 약속이 진행된 과정에 대해서는 1998년 6월 12일 자 〈매일경제〉 신문에서 상세히 다루었다. '조흥은행 외자 유치는 명퇴 행원이 공신'이라는 제목으로 서양원 기자가 쓴 기명 기사였다. 서양원 기자는 이후 경제부장과 편집국장, 편집 전무 등을 거쳐 2021년 한국신문방송편집인협회 24대 회장에 선출되었다.

조흥은행이 재미 벤처 사업가 김종훈 유리 시스템스 회장에게 2억 달러 투자 약속을 받은 데는 그 은행 명퇴 직원이 결정적 구실을 했다.

주인공은 조흥은행에서 롯데호텔출장소장으로 근무하다 지난해 1월 유리 시스템스의 한국 지사인 유리 코리아로 옮긴 김용문(金容文, 50) 상무.

김 상무는 지난 4월 9일 국회에서 있었던, 대학생 벤처창업 설명회에 참석한 김종훈 회장이 김대중 대통령의 아들인 김홍일 국민회의 의원을 만나 한국 투자에 관해 이야기를 나눈 후 곧바로 김 회장을 조흥은행으로 안내했다.

이에 따라 김 회장은 투자에 유망한 기관을 찾았고, 조흥은행 출신인 김 상무는 조흥은행 위성복 전무에게 면담을 요청해 두 사람을 연결해 주었다. 김 상무는 김 회장에게 국내 은행 산업이 과소 평가된 것을 상세히 설명하고, 자신이 몸담았던 조흥은행 방문을 적극적으로 추천한 것이다.

4월 11일, 위 전무는 김 회장을 만나 유리 시스템스 지분을 매각해서라도 한국에 투자할 의지가 있음을 확인하고, 적극적으로 투자해달라고 요청했다. 김 회장은 그 후 미국으로 돌아가 4월 28일, 유리 시스템스를 10억5000만 달러에 매각하고, 자기 지분 6억 달러를 확보했다. 그 후 유리 코리아 사장과 김 상무는 김 회장을 대신해 조흥은행 측과 협상을 벌여 왔다.

국내 은행 산업에 문외한이었던 김 회장을 조흥은행으로 이끈 김 상무는 목포상고를 졸업하고 68년 조흥은행에 입행한 뒤 일본 오사카지점, 테헤란지점을 거쳐 롯데호텔출장소장을 역임했다.

1998년 4월 9일, 국회의원회관에서 열린 대학생 벤처창업 설명회가 끝나고 회관을 나오는 승용차에는 김종훈 회장과 그의 처남인 유리 코리아 사장, 그리고 내가 함께 타고 있었다.

그 자리에서 김 회장이 입을 열었다. 김 회장은 우리 말로도 대화할 수 있었으나 영어가 더 편해서 나하고 이야기할 때는 주로 영어로 대화가 이루어졌다. 졌다. 간혹 한국어를 섞기도 했다.

"내가 지금 2억 달러의 현금 여유가 있는데, 고국인 한국에 어떻게 도움을 줄 수 있을까요?"

나는 주저 없이 곧바로 대답했다.

"조흥은행에 투자하시지요."

나는 김 회장이 조흥은행에 투자해야만 하는 이유를 네 가지를 들어 강조했다.

첫째, 조흥은행은 역사적으로 우리나라 민간에서 만든 가장 오래된 은행이라는 상징성이 있고, 국내에서 제일 오래된 법인 기업체이며, 국내 주식시장 상장 제1호 기업이다.

둘째, 경영구조에서 직원들의 자질이 우수하며 낮은 비용으로 예금을 조달하는 양호한 인프라가 구축되어 있다.

셋째, 자본구조의 정통성이 있다. 순수한 민족자본만으로 설립된 은행이다. 외부로부터 자본을 공급받을 받을 때는 한민족의 투자를 받는 것이 정통성을 유지한다.

유리 코리아 시절 명함

넷째, IMF라는 유례없는 희대의 경제난국에 처해 해외에서 성공한 기업가가 앞장서서 모국에 투자하는 것은 국민에게 엄청난 희망을 줄 수 있다. 그러니 그 첫 번째 선봉장 역할을 해주어야 한다.

이런 점을 적극적으로 설명하며 조흥은행은 투자하기 좋은 대상이라는 이미지를 심어 드리려고 애를 썼다. 그래서 망설임 없이 바로 차를 돌려 조흥은행으로 향했다.

나는 중도에 명퇴했으나 조흥은행에 대한 깊은 관심과 애정이 있었고, 조흥은행 근무 경력에 긍지를 지니고 있었다.

당시 본점 위성복 전무는 서울상대 출신으로 1964년 조흥은행에 입행해 경력이 오랜 데다가 해외 근무를 오래 했고, 샌프란시스코 지점장 경험이 있어서 미국인 사고와 소통에 용이할 것으로 판단되어, 김 회장을 곧바로 전무실로 안내했다.

위성복 전무도 면담 과정에서 조흥은행은 민족은행이니 아무리 어려워도 한국인 피가 흐르는 자금을 받아야 한다고 강조했다. 당시 조흥은행 주가는 액면가 5000원짜리가 시세 400원 정도였으니 얼마나 어려운 상황이었는지 짐작이 갈 것이다.

예금하면 언젠가 돈을 다시 빼가게 되니 해외에서 성공한 교포로서는 상장 1호 기업에 투자하는 게 더 큰 의미가 있다는 위 전무의 설명을 들었다. 당시 2억 달러는 우리 돈 3500억 원 가까운 규모였다.

김 회장은 위 전무, 유리 코리아 사장, 나, 4인이 동석한 자리에서 영어로 분명하게 대답했다.

"내가 이 은행을 사겠습니다(I will buy you)."

투자액 10억 달러로 올려 은행 퇴출 막다

그다음 날부터 나는 조흥은행 측과 투자, 또는 인수를 위한 물밑 실무접촉에 들어갔다. 그해 4월부터 투자 발표 때까지 나는 철저한 보안을 유지하며 위성복 전무와 협상을 진행했다.

그 후 김종훈 회장은 미국 금융전문가들의 실사 과정에서 처음 계획한 2억 달러 투자를 늘려 최소한 10억 달러는 필요하다는 결론을 내리고 정부와 협상했다.

2002년에 발행한 <조흥은행 105년사>에서 기술한 내용을 보면, 김 회장 측은 당시 진행 중이던 2억 달러 투자안에서 조흥은행을 살리기 위해서는 최소한 10억 달러가 필요하다는 안으로 다시 협상했다. 그리고 후일 105년사 책은 김 회장 측이 주장한 금액이 옳았다는 의견을 내놓았다.

실제로 정부는 그 이후 조흥은행에 2조7000억 원을 투입했으니 그때 우리 측이 얼마나 진정성을 가지고 투자 협의를 했는지 이해가 갈 것이다.

당시 만약 이처럼 직관이 뛰어난 김 회장이 은행을 인수해 주인이 된다면 나는 온몸을 바쳐 보좌해 조흥은행을 리딩뱅크로 만들겠다는 의욕이 충만했다.

96년 말 퇴직 후 1년 만에 IMF 위기가 찾아왔다. 그리고 98년 2월, 그 전해 선거에서 당선된 김대중 대통령은 취임 전 당선인 신분으로 내가 근무하는 유리 코리아를 통해 미국의 김종훈 회장을 한국에 초청했다.

앞으로 한국이 IMF를 극복하고 나아가야 할 미래의 경제정책을 설계하기 위해서 미국에서 성공한 벤처기업가로부터 조언을 들으려는 것이었다.

김 회장은 기꺼이 한국에 나와서 국회에서 세미나를 하며 'IT(Information Technology, 정보통신 기술) 벤처기업 육성'에 대해 역설했다. 당시는 아직 IT라는 용어조차 생소하던 시절이었다. 당시 정부에서는 국가가 어려우니 돈을 투자하거나 가지고 있는 기술을 전수해 달라, 성공한 교포들의 지원을 앞장서서 이끌어달라는 정도의 요청이나 할 때였는데, 'IT 벤처기업 육성'을 들고 나왔으니 알아들을 수 있는 사람이 얼마나 되었을까?

그러나 지금 와서 되돌아보면 김 회장 같은 분이 당시 앞서서 IT에 대해 역설함으로써 오늘날 대한민국이 IT 강국으로 올라서게 되지 않았나 하는 생각이 든다. 당시 김 회장의 투자 계획이 없었다면 조흥은행은 IMF 후, 1998년 6월 29일에 있었던 1차 은행 구조조정 때 다른 시중 은행들과 같이 즉시 퇴출이나 합병 운명을 맞았을 것이다.

그해 4월 정부는 부실한 시중 은행들을 대상으로 합병이나 외자 유치 추진을 반드시 포함하는 경영정상화 계획을 요구했다. 그전에 이미 김 회장은 조흥은행에 대한 투자의향을 직접 서신으로 써서 보냈고, 98년 김대중 대통령이 미국 방문 때 백악관에서 직접 발표하기까지 했다.

그런데도 정부는 98년 6월 부실은행을 퇴출하기 위한 절차에 들어가면

◇美·日 한국계 정보통신 거물 2명 金당선자에 조언

"벤처육성·정보화만이 살 길"

소프트방크 손정의 회장

"3년간은 정부가 앞장 인터넷 무료 서비스를"

유리시스템즈 김종훈 회장

"대학 벤처동아리 양산 기업 훈련소로 키워야"

미국과 일본에서 맹활약중인 한국계 정보통신기업가 두 명이 김대중(金大中)대통령당선자에게 한국의 정보화를 확산할 수 있는 방안을 조언해 주목을 끌고 있다.

일본 소프트방크의 손정의(孫正義)회장과 미국 유리시스템즈의 김종훈(金鍾勳)회장이 그 주인공들.

이들은 해외포포실업가들의 한국투자를 적극 유치하려는 金당선자의 초청으로 방한해 孫회장은 지난 9일, 金회장은 지난 18일 金당선자를 만났다.

孫회장은 일본의 최대 컴퓨터유통회사인 소프트방크를 운영하면서 자신의 사업영역을 디지털위성방송 등 계속 첨단분야로 확대하고 있는 일본의 정상급 정보통신인이다.

<표참조>

金회장은 92년 통신네트워크장비업체 유리시스템즈를 설립해 세계 정상급 기술력을 보유한 업체로 일구어내 미국에서 '통신분야의 빌게이츠'로 불리는 인물.

金당선자와의 만남에서 孫회장은 대학입시에 컴퓨터과목을 포함해야 한다는 등 국가전체의 정보화육성을 위한 거시분야 조언을 했다.

반면 金회장은 미국에서 성공적으로 벤처기업을 일군 경험을 살려 벤처기업육성 등에 관한 미시분야 조언을 주로 했다.

金당선자는 孫회장이 2001년까지 3년간 인터넷무료서비스를 실시해야 한다고 건의하자 "이를 앞당기도록 노력하겠다"며 이들의 조언에 강한 관심을 보였다.

이민호·하지윤 기자

손정의 회장

◆대학입시에 컴퓨터공학을 필수과목으로 포함시켜야 한다.

◆2001년까지 3년동안 정부가 앞장서 인터넷무료서비스를 실시하라. 자동차의 도로사용료가 특별한 경우가 아니면 무료이듯 정보고속도로인 인터넷의 사용료도 무료가 돼야 한다.

◆정보화의 전제조건으로 저렴하게 초고속통신망을 구축하는 것이 절실하다. 케이블TV망과 일반전화회선을 이용하는 방안이 있을 수 있는데 후자가 바람직하다.

김종훈 회장

◆IMF한파는 기술력있는 벤처기업육성으로 타개해야 한다. 또 대학내에 벤처동아리를 양산해 벤처기업의 보육센터로 키워야 한다.

◆한·미 벤처기업간 상호교류가 이루어져야 된다. 유리시스템즈가 지니고 있는 네트워크관련 기술을 한국 벤처기업에 이전하고 자금도 지원하겠다.

◆걸프전에서 경험했듯이 이제 국방력은 기술력이 좌우한다. 인공위성을 이용한 국방정보화시스템구축에 나서야 한다.

1998년 2월 24일
중앙일보 기사.
손정의와 김종훈의 조언

서 정부가 작성한 양식에 맞추어 투자 의향서를 다시 작성해 제출하라고 요구했다. 미국에 있는 김 회장에게 연락했더니 어떻게 그럴 수가 있느냐는 답이 왔다.

'은행에 이미 서신을 보냈고, 미국과 한국의 대통령들께 직접 말씀드렸으며, 언론에 이미 보도되었는데 다시 문서를 작성하라니, 그런 요구는 이해하기 어렵다.'

조흥은행은 대혼란에 빠졌다. 정부 제출 마감이 불과 몇 시간 남지 않을 때까지 아무 대책도 마련하지 못한 것이다. 그날 오후 5시가 마감인데 오전이 다 지나고 오후가 되도록 참으로 난감하기 그지없었다. 조흥은행에서는 나에게 빨리 의향서를 받아 달라고 전화가 빗발쳤으나 그 시간에 미국은 한밤중이라 통화 자체가 불가능했다.

그런 절체절명의 순간에 아이디어가 하나 떠올랐다. 김 회장이 투자의향을 알리는 최초 서신에 이런 내용을 명확하게 해둔 사실이 생각난 것이다.

'앞으로 투자에 관한 협상은 한국 현지 법인인 유리 코리아에 위임한다.'

이를 이용해 위임을 받은 유리 코리아 대표인 사장이 의향서를 새로 작성해 제출하겠다는 안을 만들어 정부를 설득했다. 이처럼 급하게 방법을 마련하고 오후 4시경 의향서를 작성해 우선 팩스로 송신하고, 원본은 조흥은행 본점 상무가 직접 유리 코리아에 와서 인수해 갔다. 그때 기억이 지금도 새롭다.

마감 시간까지 이런 증빙서류를 제출하지 못한 경기은행, 충청은행, 동화은행, 대동은행, 동남은행은 즉시 퇴출당하는 비운을 맞았고, 나머지 7개 은행은 경영정상화 조건부로 승인을 받았다.

독일 코메르츠은행에서 투자의향을 밝힌 외환은행과 미국의 김종훈 회장이 투자를 약속한 조흥은행만 외자 유치 조건으로 생존하게 되었다. 외자 유치가 어려운 상업은행과 한일은행은 합병을 발표했고 제일은행과 신탁은행은 해외매각이 결정되었다.

당시 미국 측 투자협상단을 안내해 조흥은행과 정부 당국을 몇 차례나 번갈아 방문했는데, 행정절차 상의 인식 차이가 너무 크고 정부의 사고방식이 너무 고루하다는 생각을 지울 수 없었다. 국제간 투자는 상대국 문화와 사고방식을 이해하고 공감해야 한다는 필요성을 절감했다.

결과적으로 투자금액에 대한 인식 차이로 투자가 끝까지 성공하지는 못했으나 조흥은행은 이후에 정부의 지원을 받아 독자 생존의 길을 가게 되었다. 이 정도 기여라면 명퇴한 OB로서 조흥은행에 진 그간에 신세는 충분할 정도로 갚지 않았나 하는 자부심도 들었다.

투자 협의차 처음 조흥은행을 방문한 이후 백악관에서 발표할 때까지 약 4개월에 걸친 실무접촉이 있었으나 그동안 철저하게 보안이 유지되었다. 촉각이 무시무시하게 빠른 여의도 증권가에서조차 일체 소문이 돌지 않았다.

이 점에 대해 김 회장과 조흥은행으로부터 칭찬을 받고 신뢰를 얻을 수 있었다.

비록 은행 투자는 결실을 이루지 못했으나 김종훈 회장은 대한민국에 큰 도움을 주었다. 이런 과정이 있었기에 박근혜 정부는 IT 정보통신 육성으로 새로운 한강의 기적을 이룰 견인차 역을 맡을 미래창조과학부 초대 장관으로 그를 영입하려 했다.

2022년 대통령 선거 때 안철수 후보는 과학 경제 강국을 만들겠다는 선거 공약의 핵심 사항을 발표하면서 김대중 정부의 IT 정보통신 육성 정책을 계승하겠다는 점을 강조했다.

이런 사실을 대하면서 나는 김대중 정부 출범 때 김종훈 회장이 IMF 극복을 위해 강조한 기술력 있는 벤처기업 육성과 대학교 내 벤처 동아리 육성, 시대를 앞서 간파한 인공위성을 이용한 국방력 강화 조언은 이제야 제대로 꽃이 피지 않을까 기대해 본다. 이러한 조언들이야말로 김종훈 회장이 모국에 대해 남긴 진정한 기여라고 생각한다.

나는 은행근무 당시 단지 은행 창구를 찾은 고객의 인연으로 김종훈 회장을 알게 되었지만, 걸출한 세계적 IT 거물과 인연을 맺게 해준 서울 시내 주요점포 근무 기회를 베풀어준 조흥은행에 진심으로 감사하는 마음이다.

나는 '쫄 고졸'로서 비록 가방끈은 짧았으나, 월급은 은행이 주는 것이 아니라 고객이 거래를 통해 남겨준 이익으로 주는 것이라는 신념을 가지고 창구에 오시는 고객에게 '열(熱, 열심)과 성(誠, 정성)'을 다하며 진심으로 대하려고 노력했다. 결국 인간관계는 진심이 소통될 때 더 깊어진다는 것을 알게 되었다. 그런 결과로 직장인으로서는 흔히 얻을 수 없는 인생의 전환점을 맞이할 수 있었다.

'열과 성'은 학벌과는 관계없다. 직장 생활이 가르쳐준 값진 교훈일 뿐이다.

제 1 장

목포 우산공장 소년공, 도교지점 입성

최전방 지점, 산더미 같은 돈더미 지키며

1967년 12월 10일 이른 아침, 난생 처음으로 목포역에서 서울행 열차에 몸을 실었다. 서울을 거쳐 의정부까지 가야 했다.

나이 만 19세, 목포상업고등학교(현 목상고등학교 전신) 졸업 예정자로서 조흥은행 입행에 합격해 실무실습 발령이 난 곳이 의정부지점이었다. 그 은행의 우리나라 맨 남쪽 지점이 있는 도시에서 맨 북쪽 최전방 지점까지, 당시로는 온종일 가야 하는 여정이었다.

오후가 되어서야 서울역에 내리니 예상 밖으로 추웠다. 남쪽 바다 항구 도시 목포에서는 겨울에도 그리 추운 줄 몰랐는데, 북쪽에 있는 수도 서울에 오니 살을 에는 듯한 추위가 느껴졌다. 오는 동안 기차에서 읽은 신문에서 본 전국 곳곳의 눈 피해 기사가 실감으로 다가왔다.

서둘러 몸단속을 하고 짐을 챙겨 버스에 올라 의정부행 버스가 떠나는 종로 5가로 갔다. 의정부행 버스를 타고 수유리를 넘어서자 길은 어느새 왕복 2차선 비포장도로로 변하고, 곳곳에 군부대가 나타나며 삼엄한 군인 초소가 보였다.

지금의 창동 어디쯤이었던가, 버스가 군 초소 앞에 멈추자 '받들어 총'을 한 헌병 둘이 올라와 무시무시한 눈초리로 천천히 나를 아래위로 훑어보는데, 순간적으로 전율이 지나갔다.

'아, 이게 뭐야! 처음으로 사회에 나와 신입 행원 실무실습 받으러 가는 길이 왜 이렇게 살벌해?'

가슴이 서늘했다. 군에 입대하러 가는 신병 마음이 이처럼 바짝 위축되지 않을까 싶었다. 하지만 보기 좋게 대은행 입행에 합격한 젊은 예비 행원의 자랑스러운 기개는 쉽게 졸아들 수 없었다.

의정부지점 근처에 도착해 버스에서 내리자 길이 빙판처럼 얼어 있었다. 한 발 한 발 조심해서 은행 앞에 이르니 이미 오후 4시에 가까워 바깥문을 닫을 시간이었다. 얼른 들어가 도착신고를 하고 다음 날부터 실습이 시작되었다. 여기서 3개월간 실습을 받아야 했다.

한 달이 조금 지난 1968년 1월 21일 새벽, 북한 무장공비가 청와대를 습격하는 사건이 터졌다. 북한 민족보위성 정찰국 소속 124부대 공작원 31명이 박정희 대통령을 암살하기 위해 청와대 바로 뒤 세검정 고개까지 침투한 것이다.

그들 중 29명은 사살되고, 확인 불명 1명에, 김신조 소위 1명이 투항했다. 유일한 생존자 김신조는 이튿날 열린 기자회견에서 투박한 목소리로 아무렇지 않게 내던지듯 말을 뱉어내 온 국민을 경악시켰다.

"박정희 모가지 따러 왔수다!"

얼마나 끔찍했으면 여간해서는 정치 일에 관여하지 않았다는 영부인 육영수 여사가 기자회견을 주관한 수도경비사 사령관에게 전화를 걸어, 그게 누가 시킨 말이냐고 묻기까지 했다고 한다. 그러나 이 말은 의자에 묶여 앉

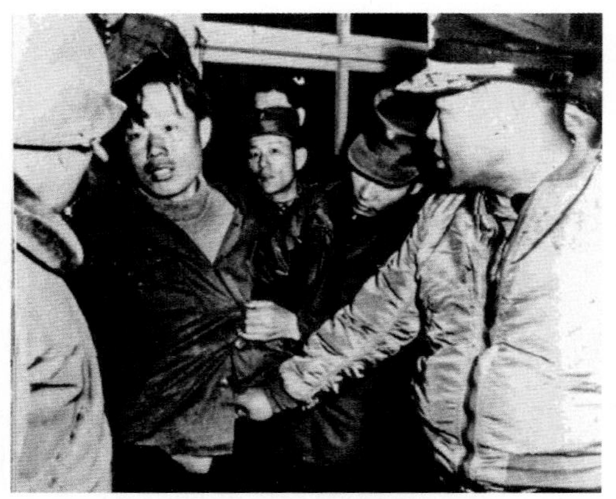

종로 경찰박물관에 전시된 124부대 공작원 복장. 한국 육군 대위로 위장. 못이 박힌 방망이는 청와대 경비병력 제압용이라고(왼쪽). 경찰에 체포된 김신조(위).

아 있던 김신조가 그곳이 기자 회견장인지도 모르고 스스로 뱉어낸 것이라고 한다.

그런데 그 이틀 전에 이들이 파주 법원리 야산을 지나다가 나무를 하던 네 형제와 마주쳤다. 형제들을 잡아놓고 어떻게 할지 북한 본부에 물어보았으나 답신으로 온 암호문을 해독하지 못해 그냥 살려주었는데, 형제들이 경찰에 신고해 이후의 침투 루트가 당국에 감지되었다.

뒷날 암호문을 해독해 보니 '원대 복귀'라는 뜻이었다고 한다.

공비들이 의정부 근처 산악지대를 통과할 것이라고 추적한 경비 당국은 오후 4시가 되면 일대의 모든 통행을 완전금지했다. 당시 의정부지점은 직원의 반 정도가 서울에서 출퇴근했는데, 퇴근 후 바깥에 나가지 못하니 식사도 못 하고 영업장과 사무실에서 쪽잠을 자며 밤을 보내야 했다.

갓 들어온 실습생인 나는 몰래 나가 라면과 달걀, 김치 등을 잔뜩 사다가 유일한 난방 기구인 영업장 톱밥 난로 위에서 끓여 한 분 한 분 대접해 드렸다. 난로가 뜨거워 땀은 좀 흘렸으나 선배들로부터 칭찬을 많이 들었다.

"아이고, 배고픈데 잘 먹었네, 고마워!"

이런 한마디에 어색하고 어렵기만 하던 선배들과 사이가 금방 부드러워졌다. 라면 한 그릇으로 얻은 소중한 인정이었다. 어쩐지 앞으로 내 은행 생활이 잘 풀릴 것이라는 예감이 들며 자신감이 생겼다.

이때 나는 사람의 마음을 얻는 것은 순전히 자기 하기 나름이라는 사실을 깨우쳤다. 받고 싶으면 먼저 주라는 말이 있듯이 내가 성의를 다하면 상대도 그만큼 돌려준다는 세상의 진리를 배운 것 같았다.

그때부터 은행의 동료나 상사, 선후배들에게 성실하게 대하려고 노력했고, 고객들에게도 최선을 다하는 자세를 몸에 익힐 수 있었다.

처음에는 그 사태가 언제까지 이어질지 몰라 걱정했는데, 무장공비들이 자기네 루트가 노출된 것을 알고는 속도를 두 배로 올려, 30kg 군장으로 산악지대를 한 시간에 10km씩 달렸다고 한다.

그렇게 해서 그들은 경비 당국의 예상을 깨고 이틀 만에 청와대 바로 뒤까지 이르러 모습을 드러냈다. 그래서 나도 이틀 만에 톱밥 난로에서 벗어날 수 있었다.

의정부지점은 최전방 점포여서 군부대 월급날이면 엄청난 액수의 현금이 차에 실려 왔다. 당시는 요즘 같은 통장 이체가 아니라 현금 지급 방식이어서 대형버스 2대에 현찰을 가득 싣고 와서 하룻밤 보관했다가 이튿날 전방 군부대 경리 담당 장교들에게 지급했다.

현찰이 오면 덩어리가 너무 커서 금고에 넣을 수도 없어 영업장에 쌓아놓고, 경찰들이 파견되어 총을 메고 야간 경비를 섰다. 산더미처럼 쌓인 돈더미를 보는 것은 흔치 않은 진풍경이었다.

당시 지점장님이 하시던 말씀이 생각난다.

"전방지점은 돈이 많아서 위험해. 신변안전을 위해 지점장실에 권총을 비치해야겠어. 본점에 권총 지급을 신청해 볼 테야."

온몸에서 풀 냄새 진동하도록 지폐 손질

그렇게 3개월 실습을 거친 후 1968년 3월 2일, 천안지점으로 배치되어 정식 행원 발령을 받았다.

천안지점은 온양과 예산, 서산 지점의 중간 본점이었다. 당시는 현금 유통이 대부분이어서 이들 점포로부터 현금을 받아 대전지점으로 수송하는 일도 주된 업무 중 하나였다.

원거리 현금 수송이라서 안전과 보안이 필요했고 왕복 시간 소요가 많은 업무였다.

수송은 안전 때문에 외부 차량은 사용할 수 없고, 은행이 소유한 전용 차량만 이용하도록 규정되어 있었다. 차종이 '윌리스 지프'인데 6.25 전쟁 때 미군이 사용하던 것과 같은 모델이라고 했다. 얼마나 오래된 것인지 성능이 형편없어서 추운 겨울철이면 시동이 걸리지 않아, 두세 명이 아침 일찍 출근해 뒤에서 힘껏 밀어야 했다.

그러면 덜덜거리며 겨우 시동이 걸리다가 기껏 10미터쯤 가고는 꺼지고

마는 일이 자주 일어났다. 현금 수송이 불가능인 날도 종종 있었다. 매일 아침 일찍 출근해 차를 뒤에서 미는 두세 명 중에 나는 고정된 한 명이었다.

신입인 나는 정사대, 즉 현금 정리 팀에 배정되어 손상된 지폐를 손질하는 날이 많았다. 당시는 지폐의 지질이 나빠서 잘 찢어졌고, 날마다 많은 양이 수납되었다. 지폐를 앞에 수북이 쌓아놓고, 팔에 검정 토시를 끼고 손가락으로 밀가루 풀을 묻혀 찢어진 부분에 바르곤 했다. 퇴근 때면 온몸에서 밀가루 풀 냄새가 풀풀 풍겼다.

신입으로는 드물게 6개월 만에 출납창구의 보통예금계를 마치고 당좌계로 이동되었다. 당좌계는 보통계와는 달리 법률 지식이 필요해서 퇴근하고 숙소에 돌아오면 각종 법규 공부에 많은 시간을 쏟아야 했다. 덕분에 초급 행원이지만 실무법규에 대한 지식이 부쩍 늘어서 상사로부터 은행 업무에 밝다는 말을 듣곤 했다.

천안지점에서 근무할 때 있었던 몇 가지 에피소드가 생각난다. 그때는 난방시설은 있었으나 여름철 냉방시설은 없었다. 에어컨도 물론 없었다. 그래서 책상 밑에 큰 대야를 놓고 얼음 덩어리를 사다 넣어두면 서서히 녹으면서 시원한 공기가 올라왔다. 여름철에 가장 좋은 냉방법이었다.

손님을 맞이하는 접객대에는 선풍기가 돌아갔다. 지금같이 온라인 시스템이 아니어서 다른 은행으로 송금하려면 각기 다른 전표가 7장이나 필요했다. 책상 위에 전표 7장을 나란히 펼쳐 놓았는데 선풍기가 돌아가면서 맞바람을 일으키면 가지런히 배열해 놓은 전표가 바닥으로 휙 날아가 버렸다.

그래서 여름철에 다른 은행으로 송금하는 고객이 오면 '어휴~ 힘들어' 하면서 고역을 치렀다.

또 당시는 세콤 시스템 같은 것이 없고 직원들이 돌아가면서 직접 야간 숙직 당번을 했다. 숙직 당번 날은 책상에 나무로 만든 '당직' 팻말이 놓여 있었다.

그때는 행원 중에도 주임급은 대부분 결혼을 하고 자녀들이 있었다. 퇴근 때가 되어 선배 행원이 한마디 상의도 없이 팻말을 신입 행원 책상 위에 가져다 놓고 '나, 갑니다' 하면 끝이었다. 데이트도 취소하고 꼼짝없이 대신 숙직을 해야 했다. 선배가 엄청 무섭던 시절이었다.

나는 타향 사람이라 하숙을 했다. 좀 품위 있는 집을 골라서 찾아갔더니 법원장, 검사, 다른 은행 지점장 등이 하숙하고 있다며 총각은 사절이라고 했다. 그러더니 며칠 후 특별히 받겠다고 전화가 왔다. 그래서 입주해 보니 딸이 간호대학에 다니고 있었다.

시일이 좀 지나자 여주인이 나를 불렀다.

"김 군은 가족 같으니 안방에 와서 식사하지, 그래."

딸이 대학 졸업식을 하기 전에 나이팅게일십을 의미하는 대관식이 있는데, 내가 참석했으면 한단다. 여자 부모님과 함께 참석했다. 그런데 서울로 전근하고 갑자기 목포의 아버지가 돌아가시자 연락할 마음의 여유가 없어졌다.

천안지점 지점장님은 매우 젠틀하신 분으로 대전지점 차장으로 계시다 승진해 오셨는데, 후일 본사 인사부장, 비서실장을 거쳐 중역 후보에 오르셨다. 그분은 천안지점 대부계에 주임급 자질을 갖춘 직원이 없다고 하시며 대전지점에서 선임 행원을 불러오셨다. 그리고 나를 대부계 보조로 발령내셨다.

그리고 6개월 후 주임이 대리로 승격해 전출하게 되자 지점장실로 나를 부르셨다.

"자네를 대부계 주임으로 발령낼 테니 일 잘해봐!"

겨우 입행 2년 차인 나는 어찌할 바를 몰랐다. 전혀 생각지도 못한 일이었다. 지점에는 입사 선배들도 8~9명 있었으니 너무도 파격적인 인사였다. 이를 염두에 두고 나는 선배들과 갈등이 생기지 않도록 조심하면서 무리 없이 업무를 수행하려고 애썼다.

이런 노력을 인정받았는지 그해 인사고과에서 전국 행원 중 상위 3%에 들어 특별승급을 받게 되었다. 입행 2년 만에 특별승급을 했으니 동기들보다 3개월을 앞서가기 시작한 것이다.

그리고 3년 차에는 천안지점에서 나 혼자 정기 인사이동이 아닌 발탁 인사로 서울 본점 자금과 지급준비반으로 전출하게 되어, 꿈에도 그리던 서울로 오게 되었다. 서울에 왔으니 이제 야간대학에 진학할 수 있다는 꿈에 부풀었다.

은행에서 간부로 승진하려면 학력이 중요했다. 본점 담당 부서 차장님은 S대 출신이셨고, 과장님과 대리님도 S대 출신, 주임급 행원마저도 S대 출신으로 학력이 대단하셨다. 그래서 기어이 야간대학교라도 입학해 학력과 실력을 갖추어야 했다.

당시 한국은 경제 성장기에 접어들어 만성적으로 자금이 부족한 상태였다. 은행에서 지급준비금이 부족한 경우에는 강력한 제재를 받았고, 과태료를 부과받게 되면 대외 신용도에 큰 악영향을 미치게 되었다.

매월 각 부서로부터 그달의 자금 유입과 지출 계획서를 제출받아서 부족한 자금을 한국은행에서 차입했다. 차입 후 예측이 어긋나 자금이 남으면 지점급 점포의 연간 이익이 한 방에 날아갈 수도 있고, 부족하면 지급준비 마감일 임박해서는 자금을 구할 수도 없으니 고도로 신중한 대처가 필요한 업무였다.

이때 나는 또 천안지점의 근무 성적을 우수하게 평가받아 다시 한번 특별승급을 받았다. 이제 입행 동기보다 반년을 앞서가게 되었다. 모든 일이 생각했던 것 이상으로 잘 풀려 앞날에 대한 큰 꿈에 부풀어 올랐다.

그런데 부임 6개월쯤 된 어느 날, 목포 집에서 상상도 하지 못한 소식이 날아들었다.

“아버지가 교통사고를 당해 돌아가셨다.”

그야말로 청천벽력이었다. 정신없이 목포로 달려가 장례를 치르고 그 자리에 주저앉고 말았다. 나 혼자 승진하자고 어머니와 6남매 가정을 내버려 둘 수는 없었다. 모든 꿈을 포기하고 목포지점 전출을 희망해 1971년 11월 발령을 받았다.

“서울 본점에 그대로 있으면 앞으로 은행의 큰 재목으로 성장할 수 있을 텐데.”

본점 선배님 여러분이 그런 말씀을 해주셨지만 어쩔 수 없는 일이었다.

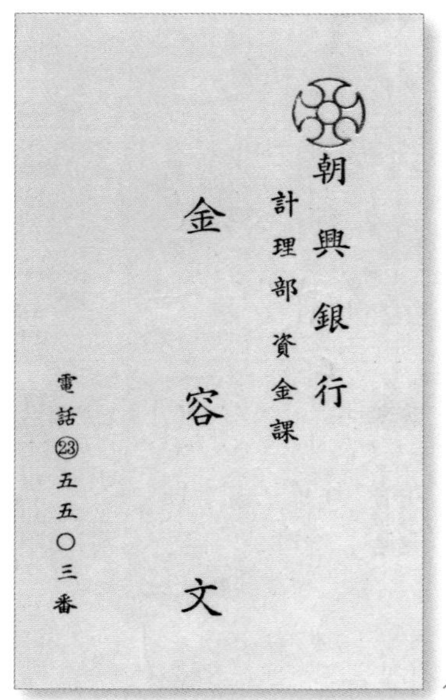

서울 본점 근무 때 명함

한번 '쫄'이라고
영원히 '쫄'일 수는 없다

1967년 12월, 첫 직장 문을 들어서서 2017년 12월, 마지막 직장 문을 나왔으니 만 50년을 직장인으로 살아왔다. 그중 꼬박 29년을 조흥은행에서 일했다. 인생의 가장 중요한 시절을 '행원'이라는 직함으로 살아온 것이다. 그것도 첫 입행 당시부터 '쫄 고졸'이라는 맨 밑바닥 꼬리표를 달고.

은행에는 특이한 인사문화가 있다. 입행할 때 학력이 퇴직 때까지 그대로 인식되는 고루한 문화다. '졸병'은 본래 군대에서 장교에 대칭되는 의미로 불리는 단어인데, 그보다 더 비하해 강조하는 뜻에서 강한 발음으로 '쫄'이라 불렀다. '쫄 고졸!'

입행 때 이미 명문대 출신 자격으로 높은 직급을 받으면 그 후로는 별 노력이나 공부 없이도 계속 승진을 거듭하는 직원이 있고, '쫄' 출신으로 낮은 직급을 받으면 입행 후 아무리 노력하며 공부해도 승진이 지체되는 직원이 있다면, 그 조직은 과연 건강하게 발전할 수 있을까?

누구를 더 바람직한 직원으로 대우해 인사 관리를 해야 하는지 심사숙고해야 할 것이다. 누가 더 조직의 발전에 도움이 되는지 면밀하게 살펴보아야 할 것이다.

나는 주로 근무한 곳이 대학이 없는 지방이어서 야간대학에도 진학할 수 없었다. 그래도 공부를 하고 싶어서 일과 시간에는 근무에 성실하면서 일과 이외의 시간에 나름대로 큰 노력을 기울였다.

비단 은행뿐 아니라 다른 직장도 마찬가지일 것이다. 끊임없는 공부와 성실한 근무, 조직에 대한 한결같은 충성과 의리, 고객과 주고받는 변함없는 믿음 속에서 열심히 일하는 사람이 성공하는 조직이 되어야 한다고 감히 장담한다.

우리가 사회를 살아가면서 알게 모르게 많은 기회가 내 주위를 스쳐 간다. 이 기회를 내 것으로 만들 수 있는 결정적 열쇠는 바로 이런 '한결같은' 마음의 준비가 되어있느냐에 달려있다고 나는 굳게 믿어왔다.

기회가 오면 하겠다는 안일한 생각은 일찍 버릴수록 좋다. 기회란 결코 나를 위해 기다려 주지 않는다. 세상에 '하는' 사람은 많아도 '잘하는' 사람은 찾기 어렵다. 잘 알아야 시행착오가 없다. 기업은 시행착오를 위해 존재하는 곳이 아니다.

나는 한결같이 이런 자세로 근무해왔다고 감히 자부한다. 그렇게 근무하면서 많은 고객을 만나 신뢰를 쌓았다. 은행지점 근무 중 창구고객으로 만나 알게 된 미국 벤처기업가 김종훈 회장의 장인어른도 그중의 한 분이다. 그분과 쌓은 신뢰로 인해 김종훈 회장과 연결되어 조흥은행의 해외 투자 유치를 주선하게 되었다.

요즘은 예전과 달리 인터넷에 정보가 넘쳐 굳이 학원까지 가지 않고도 충분히 혼자 공부해 자기계발을 할 수 있다. 나는 아버지를 일찍 여의고 어머니와 6남매 집안의 가장이 되어 취미 생활을 즐길만한 경제적 여력이 없었다. 그래서 그 대안으로 책을 가까이하며 혼자 공부하게 되었다.

직장에서 어려운 실무에 부닥치면 문제 해결을 위해 변호사나 회계사의 도움을 받기도 했지만, 혼자 전문서적을 찾아 공부하며 문제를 해결하는 자세를 오래도록 유지해 왔다.

또 은행근무를 하면서도 동시통역의 꿈을 품고 일본어와 영어 공부에 많은 시간을 투자했다. 아이가 세상에 태어나 말을 하게 되는 것은 누가 가르쳐서가 아니라 본능적으로 혼자 계속 반복해 노력하는 과정을 통해 이루어지는 것이다. 그래서 틈만 나면 혼자 외국어로 말하는 연습을 하고, 외국어 책을 읽곤 했다.

특히 일본어는 우리 말과 구조가 비슷해 기초를 쉽게 다질 수 있었고, 창구고객과 지인을 통해 알게 된 일본인들과 대화를 많이 나누면서 빨리 발전할 수 있었다.

그런 덕택에 해외연수로 일본에 가서 공부할 수 있었다. 그 후 다시 일본으로 발령되어 도쿄지점에서 근무 중 오사카지점 개설위원을 맡아 지점을 열고 속성으로 성장시키면서 일본 현지 인물들과 친교를 넓혀갈 수 있었다. 그래서 은행 안에서는 나에게 일본통이라는 꼬리표가 붙어 다녔다.

나는 일본어와 영어를 통해 선진국의 많은 정보를 얻을 수 있었다. 이런 정보가 한국 경제와 세계의 미래를 이해하는 데 큰 도움이 되었다. 국내에 진출한 일본계 은행과 종합상사들을 접촉할 수 있는 역량도 기를 수 있었다.

어머니는 왜 그리 자주 회초리를 드셨을까?

나는 본적이 전남 해남군 마산면 송석리로 되어있다. 아마도 당시 관습에 따라 어머니가 시댁에 가서 출산하시고 바로 호적에 올려 그렇게 된 것 같다. 실제로는 목포시에서 태어나 성장한 것이나 다름없다. 그래서 내 고향은 목포다.

본관은 광산(光山)으로 38세손이다. '연리광김(延李光金)'이라는 사자성어가 있을 정도로 '연안 이 씨와 광산 김 씨'는 명예로운 가문이라는 말씀을 어릴 때부터 아버지에게 들었다.

예학의 태두 김장생 선조와 김집 선조 부자가 나란히 문묘에 배향되는 영광을 누렸고, 3대 대제학, 형제 대제학의 진귀한 기록도 남겼으며, 《구운몽》과 《사씨남정기》의 작가로 유명한 김만중 선조의 형제와 그 후손에서 훌륭한 인물이 많이 나왔다는 말씀도 들었다.

그런 말씀을 들은 뒤에는 반드시 이런 다짐이 뒤를 따랐다.

"그러니까 너는 조금이라도 조상님들 명예에 누를 미쳐서는 안 된다."

어린 내게는 그런 사실이 큰 자랑이었다. 조상 중에 조선 시대에 알아주는 석학들과 충신들이 계셨고, 현대에는 '대우그룹'이라는 큰 기업 집단을 일으킨 김우중 회장 같은 대기업가가 일족이라는 사실은 한국의 남쪽 끝 항구의 꿈 많은 소년에게는 자랑거리가 되기에 충분했다.

외가는 해남군의 대농 집안이었다. 선착장에 내리면 면 소재지까지 외가 땅을 밟지 않고는 갈 수 없다는 말을 들을 만큼 넓은 농토가 있었다.

외증조부께서 의관(議官) 벼슬을 하셨다고 한다. 의관은 조선 말기 중추원 소속으로 전국에서 정치나 법률, 경제에 학식이 풍부한 사람 50명을 뽑아 조정에서 법이나 규제를 제정할 때 의견을 제시하고 의결에 참여하는 신분이었다. 고종 32년(1895년)에 시행한 제도로 뒤에 찬의(贊議)로 명칭을 바꾸었다고 한다.

가을 추수가 끝나면 외가 추수 마당에 곡식이 가득 쌓여 있었다. 어린 시절 외가에 가면, 대문이 크고 무거워서 앞으로는 열지 못하고 뒤로 돌아서서 엉덩이로 힘껏 밀어야 열릴 정도였다. 외삼촌은 흰 석회로 칠한 창고에서 사냥총을 들고나와 꿩사냥을 가면서 나를 데리고 다니기도 하셨다.

외증조부는 슬하에 아들만 둘을 두셨다. 큰아들인 내 외할아버지 박준배(朴準培) 씨는 고향에서 가업을 돌보시고, 작은 외할아버지는 일본으로 유학 가서 메이지대학교 법학과를 졸업하셨다. 해남에서 초대 민의원 선거에는 낙선하고 제2대 국회의원에 당선된 박기배(朴祺培) 의원이 그분이다.

작은 외할아버지는 지금은 '조선내화' 창업자 이훈동 회장 기념관으로 쓰이는 목포의 저택에서 사셨다. 그 집은 현재 목포의 유명 관광지가 되었다. 전국에서 흔치 않게 규모가 큰 일본식 정원이 있는데, 목포의 젊은이들이 결혼식을 올릴 때 야외촬영을 하는 명소다.

나도 어릴 때 작은 외할아버지 저택에 자주 갔다. 당시에도 수세식 화장실

이훈동 기념관의 정원.
입구 안내판에 해남 출신
국회의원 박기배 씨 소유였다고
적혀있다.

이 있었고, 넓은 거실이 있었으며, 외가 친척들이 모여 서양식 댄스를 했다. 그때 축음기 태엽을 돌려드리고 용돈을 받았던 기억이 난다. 태엽을 돌리다 깜빡 졸아 속도가 늦어지면 용돈 대신 꿀밤을 얻어맞은 기억도 있다.

작은 외할머니는 미술계에 널리 알려진 동양화가로 미인도의 독보적 존재였던 숙당(淑堂) 배정례(裵貞禮) 화백이다. 천경자, 박래향, 이현옥 화백과 함께 한국 4대 여성 화가로 꼽히셨다.

내 작은 외할머니, 즉 어머니의 작은어머니도 내게는 참 존경스럽고 흥미로운 분이다. 〈한국향토문화전자대전〉에는 그분에 대해 이렇게 기록되어 있다.

그의 아버지는 조선미술전람회(선전)에 입선한 화가로, 고흥과 남원 군수를 역임한 배석린이다. 충청북도 영동에서 태어나 1935년 박기배와 결혼한 후 일본으로 유학, 가와바타미술학교를 졸업하고 도쿄미술전문학교에 입학했으나 곧 남편을 따라 귀국했다.

1940년 선전을 중심으로 활동을 시작하고, 1943년부터 이당 김은호의 '낙청헌화실' 문하생 모임인 '후소회'에 참가했다. 1947년 혜화동에 여자동양화연구소를 열어 후학을 양성하며 활발하게 개인전을 열었다. 화신백화점, 동화백화점, 부산화랑, 운현궁미술관 등 개인전이 총 16회에 달했다.

미인도를 주로 그렸는데 치밀한 세필 묘사와 화려한 색채, 현실을 그대로 옮긴 듯한 배경 처리를 통해 생동감이 뛰어나다는 평을 들었다.

숙당 배정례 화백과 미인도

남편을 여의고 해남으로 낙향해 10여 년간 삼산면 신흥리에서 창작 활동을 하면서 많은 제자를 양성했다. 1992년 딸이 사는 의정부로 거처를 옮기고, 2006년 1월 23일 사망.

중앙일보 1983년 3월 24일 자에 문화부 김징자 기자의 인터뷰가 나온다.

"아버님 아호가 진재(晋齋)이신데 단재(丹齋) 신채호 선생님과 친하셨어요. 사랑방에 모여 함께 서화를 즐기시곤 하셨는데, 여섯 살 때부터인가 나도 함께 앉아 글 읽는 시늉, 그림 그리는 시늉을 한 것이 평생의 길이 된 셈이지요."

숙당은 자신의 삶은 아버지가 결정지어준 거나 마찬가지라고 말했다.

배정례 화백의 포도 그림

배정례 화백의 아들 박진모 화백 그림

결혼 후 일본에 유학하고 돌아왔을 때 아버지 친구인 이당 김은호 문하에 넣어 미인도를 배우게 한 것도 바로 아버지였다.

"아버님이 말씀하셨어요. '내가 보건대, 이당 선생한테 미인도를 잘 배워두면 일생에 큰 도움이 될 것이다'라고요. 그 말씀대로 그림은 내 일생의 반려였으며, 내 가족과 나를 먹여 살린 생계수단이 되어주었습니다."

일본에서 돌아와 서울의 첫 보금자리는 권농동 이당 자택 문간방이었다.

"월전 장우성, 운보 김기창 등 제자 30명이 있었는데, 여자는 오직 나 하나였어요. 이당 선생님은 그 전에도, 후에도 여자 제자는 받아들이지 않았습니다."

이당 댁 문간방에서 첫아들을 낳은 후 시아버지가 사준 집으로 이사했다.

"대학 때도 그랬지만 한국에 돌아와서도 남편은 술을 많이 마셨어요. 술에 얽힌 이야기라면 진저리나는 것이 하나둘이 아닌데, 특히 선전에 출품하려고 그려놓은 미인도의 눈을 담뱃불로 지져놓은 것은 잊을 수 없는 일입니다."

술친구를 곧잘 집으로 불러들이는 남편이 어느 날 친구들을 데리고 왔는데 '대접이 소홀하다'면서 거의 완성된 그림을 담뱃불로 망쳐 놓은 일은 지금 생각해도 화가 난다고 했다.

해방 후 남편은 정치에 뜻을 두어 국회의원에 당선되었다. 그러나 연이은 선거에서 낙선해 빚더미에 올라앉았다.

"시집올 때는 해남의 면 하나가 전부 시집 땅일 만큼 부농이었어요. 그 좋던 재산이 선거 때문에 많이 없어지고 말았지요."

이때부터 생계는 숙당이 꾸려가야 했다. 전국을 돌며 그림을 그려 지방에서 전시회를 열었다. 다방 하나를 빌어 표구도 안 한 그림을 걸어두고 개인전을 한 적도 있다. 다행히 지방마다 그림을 좋아하는 사람들이 있어 잘 팔려 나갔다.

그러나 숙당의 지방 전시회는 미술계의 많은 비판을 받았다. 당시만 해도 지방에서 전시회를 여는 것은 화가들에게 수치스러운 일로 통했다.

2남 1녀의 어머니로, 주부로, 또 아내로서 역할을 해내며 그림을 그려 팔아 가계를 꾸려간다는 일은 정말 쉬운 일이 아니었다고 회상한다. 7년 전 남편이 세상을 떠난 후 숙당은 자녀들을 대학까지 가르치고 모두 가정을 이루게 했다.

그는 이때 '이제부터가 바로 나의 인생'이라고 선언했다고 한다. 생계 수단으로서가 아닌, 진정 그려보고 싶은 그림을 그려야겠다고 결심했다는 것.

3년 전 그가 찾아간 곳은 시집이 있는 해남. 지난 세월 동안 남편 형제가 재산을 다 날려 산소 터까지 없앤 형편이라 우선 시부모 묘역을 조성하고, 남편의 산소 자리도 꾸며 곧 이장할 계획을 세우고 있다.

"고운 정보다 미운 정이 더 많지만 40여 년을 함께 살아온 것이 이토록 애틋한 감정을 불러일으킬 줄은 몰랐어요."

대흥사 민박 마을에 자리 잡은 숙당은 이곳에서 해남 여성다인회를 조직하고 이들에게 묵화를 가르치며 몇 년 후의 고희전 준비에 여념이 없다.

큰외삼촌은 성균관대 법대를 졸업하셨다. 이모님들도 모두 서울의 성심여중이나 목포여중을 졸업하셨는데, 우리 어머니만 유일하게 초등학교만 졸업하셨다. 머슴 등에 업혀 등하교하셨다는데, 다른 학생들은 짚신을 신었으나 어머니 혼자 고무신을 신으셨다던가.

아버지도 해남군 마산면 출생이다. 마을 전체가 초가집일 때 유일하게 양

철지붕에서 사셨다고 한다. 그런데 이상하게도 어머니와 마찬가지로 형제들은 모두 고등학교까지 마치셨는데 아버지만 초등학교 졸업이 전부다. 중학교 입시에 낙방하고서 그렇게 좋아하시더라는 이야기를 아버지가 돌아가신 후 숙부님으로부터 들었다.

부모님 두 분은 공부를 많이 안 하셨으나 성품이 온화하고 형제들에 대한 우애가 깊었다. 우리 집은 목포 중심지구 뒤편 유달산 오름길에 있었다. 옆집은 전남대 상대 학장 관사였다. 목포항과 삼학도가 내려다보이는 고급주택지였다. 초등학교 저학년 시절 전남대 상대 신축공사 현장에서 잠자리를 잡던 생각이 많이 난다.

목포에 전남대 상대가 있었다고 하면 의아해할 수도 있다. 내가 졸업한 목포상업고등학교는 목포에서 역사가 가장 오랜 고등학교다. 일제 강점기인 1920년 목포상업전수학교로 문을 열었는데, 해방 후 1950년 상고와 상과대학으로 분리되었다.

이후 상과대학은 대성학교, 광주농과대학과 통합해 전남대학교가 되었다. 현 전남대의 전신인 셈인데, 목포에서는 '전남대 상대'라고 불렀다.

아버지는 목포 중심상가에서 시계점을 운영하셨다. 부모님은 금실이 좋아 한 달에 한 번꼴로 함께 영화를 관람하며, 밤늦게 귀가할 때 빈대떡이나 오징어 같은 먹을 것을 잘 사 오셨다.

부모님을 기다리면서 밤이 늦어지면 무섭기도 했으나 주전부리가 생기면 그저 좋기만 했다. 아버지는 가끔 집에서도 직접 요리해 맛있는 것을 만들어 주셨다. 아주 가정적인 분으로 생각되었다.

초등학교 때는 부모님이 동반해 학교를 여러 번 방문하실 만큼 자녀 교육에 열성이었다. 당시 담임선생님께서 부부가 동반해 학교를 방문하는 경우는 처음이라고 하실 만큼 열의를 보이셨다. 아마도 두 분이 공부를 많이 하지 못

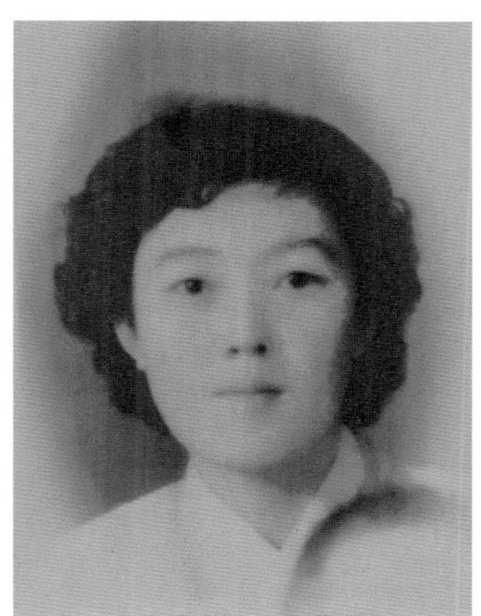

젊은 시절의 아버지와 어머니

해, 자식들은 그렇게 되지 않기를 바라는 마음이 크시지 않았을까 짐작된다.

6.25 전쟁 중에 우리는 우익 집안으로 낙인찍혀 좌익들에게 핍박을 많이 당했다고 한다. 도청 과장으로 근무하시던 큰이모부는 납치되어 살해당하셨고, 수복이 1주일만 늦었으면 우리 가족도 인민재판에 끌려갈 뻔했다고 한다. 이런 낌새를 미리 알아차린 어머니가 가족을 데리고 대담하게 밤중에 돛단배를 타고 다른 섬으로 몰래 옮겨가셨다고 한다.

어린 시절을 떠올려 보면 유난히도 어머니로부터 회초리를 많이 맞은 기억이 남아있다. 그래서 나이가 들어 어머니께 물어보았더니 그러셨다.

“내가 어릴 때 마을에서 도둑질하거나 부모에 불효하는 사람들이 우리 집 마당에 잡혀 와서 매 맞는 것을 자주 보았다. 그래서 내 아들은 자라서 그런 일을 당하지 않도록 내가 먼저 매를 때려 엄하게 가르치려고 했다. 너는 네가 하는 일에 온 힘과 정성을 쏟아 부족함 없이 잘살면서, 남에게 절대 폐를

초등학교 3학년 때 가족사진(맨 왼쪽이 저자)

끼치지 않고 진심을 다해서 남을 돕는 사람이 되어야 한다. 그리고 어른들을 공경해야 한다. 마음에 깊이 새겨라."

그 많던 외가 재산,
한순간에 바닷속으로

마을에서 제일 큰 부자로 살면서 마을의 모든 일을 자기 집안일처럼 책임졌던 외가는 그러나 너무나 허무하게 몰락의 길로 접어들었다. 공부를 많이 하신 큰외삼촌이 자식들 중학교 입학 때가 다가오자 서울에서 공부를 시키겠다고 이사할 준비를 하신 것이다.

작은 외할아버지가 국회의원 선거에 쏟아붓고 남은 재산 중에 값나가는 것들을 정리해서 모두 현금으로 바꾸어, 가죽으로 된 큰 여행 가방 두 개에 가득 넣고 목포행 여객선을 타셨다. 당시는 은행 송금 제도가 발달하지 못해, 현금을 직접 들고 가는 게 안전하다고 생각하셨던 모양이다.

그런데 사고가 발생했다. 당시에 그 사고를 전한 신문 기사들을 종합해보면 이런 내용이다.

> 1963년 1월 18일 오전 10시경, 해남군 황산면 연호리 부두를 출항해 목포항으로 향하던 여객선 '연호(燕號)'가 목포시 허사도 앞 해상에서 목

적지를 2km 앞두고 침몰했다. 폭풍주의보가 발효되기 직전이라 해상 날씨가 매우 위험한데도 설을 앞둔 대목이라고 무리하게 운행한 결과였다.

도로교통 시설이 충분하지 않던 당시는 해남에서 목포를 오가는 사람들은 주로 정기여객선을 이용했다. 연호리와 목포를 왕래하는 연호는 황산면, 산이면, 해남읍 지역 주민들을 위해 하루 한 번 목포를 왕복했다.

배는 84마력에 34.5톤급으로 정원이 선원 8명을 포함해 86명이었다. 그런데 큰 명절을 앞두고 55명이나 초과해 141명이 승선하고 150여 가마의 곡물까지 실은 과적 상태였다.

침몰 당시 부근을 지나던 여객선 탑승자에 따르면, 강한 서북 돌풍이 두 차례 강타해 배가 기울어지자 선실까지 물이 들어왔다. 갑판에 있던 몇 사람은 뛰어내리고 나머지 사람들은 선실에 갇힌 채 5분도 못 되어 빠르게 바닷속으로 가라앉았다.

목포 해양경찰서에서는 구조정과 민간 선박 두 척을 출동시켰으나 파도가 높아 구조가 쉽지 않았다. 허사도에 표류한 생존자 1명만 겨우 구조되었다. 계속되는 추위와 강풍으로 인양 작업마저 오래 지체되어, 결국은 140명 전원이 사망하고 말았다.

희생자 대부분은 해남 주민들이었다. 해남군 황산면에 사는 정 씨는 부모와 함께 평택으로 결혼식을 올리러 가던 길이었고, 화원면의 서 씨는 목포에 쌀을 팔고 덜 받은 100원을 받으러 가던 길이었다. 화원면의 박 씨는 아내와 7살, 3살 된 두 딸의 시신이 인양되자 오열하며 실신했다.

끝까지 시신을 찾지 못한 유족도 많았다. 침몰한 선체는 사흘이 지난 1월 21일에야 겨우 발견되었으며, 설 당일인 26일에야 인양되었다.

4월 11일 새벽 목포시 해안동에서 마지막으로 희생자 한 구가 발견되었고, 찾지 못한 희생자는 62명이었다.

연호 침몰사고는 근해에서 발생한 해난 사고 중 희생자 수로 따져 10위 안에 드는 큰 사건이었다.

그런데 어느 언론매체도 언급하지 않았고 어떤 사람도 주의를 기울이지 않았지만, 이 침몰선 안에는 외삼촌 일행과 그들이 운반하는 커다란 현금 가방 두 개가 실려 있었다.

당시 들은 말에 의하면 외삼촌 일행은 처음에는 배를 놓쳐 탑승할 수 없었다고 한다. 그런데 대지주의 힘을 발휘해 이미 출발한 배를 다시 돌아오게 해서 승선했다는 것이다.

외가가 있던 마산면 송석리에도 가까운 선착장이 있었다. 그곳에도 여객선이 있었을 텐데 왜 멀리 연호리까지 가서 배를 탔는지도 궁금한 일이다. 아마도 많은 현금을 운반하려면 아는 사람이 적은 곳을 택해 사람들 눈을 피하는 것이 유리하다고 생각했는지도 모르겠다.

그때 배와 함께 가라앉은 엄청난 현금은 현재 금액으로 환산하면 얼마나 될까? 그 돈은 정말 모두 수장되고 말았을까? 어디서 떠오르거나 선체가 인양될 때 발견되지 않았을까? 그러나 그 뒤의 이야기는 아무것도 듣지 못했다.

인생이란 원래 그처럼 허무한 것일까? 그동안 살아오면서 겪은 많은 일이 대부분 인간의 노력으로 가능한 것이었으나 그렇지 않은 일도 적지 않았다. 그러기에 나는 현재 내게 주어진 삶은 대가 없이 거저 얻은 선물이라고 생각하고, 어머니 말씀처럼 내 일에 온 힘과 정성을 쏟으며 최선을 다하는 것밖에 없다고 생각하며 살아왔다.

키 큰 우등생이라고 밴드부 강제 편입

어릴 때라 아버지 사업에 관해서는 자세히 알 수 없었으나 내가 초등학교 5학년 때부터 우리 집은 가세가 급격히 기우는 듯했다. 그러다가 초등학교를 졸업할 무렵에는 더 기울어질 곳이 없는 바닥에 이르렀다. 가정형편이 그러하니 공부에 전념하기가 힘들었다.

목포 유달중학교 입학시험 발표날 아버지 손에 이끌려 발표장에 갔다. 학교 벽에 붙은 하얀 종이에 합격자 이름이 쓰여있는데, 갑류 장학생 5명, 을류 장학생 5명이 나와 있고, 다음 11번째에 내 이름이 있었다.

"그러니까 더 열심히 했어야지……."

아버지는 딱 한 마디만 하고는 침묵으로 일관하셨다. 크게 실망하신 표정이었다. 그러더니 내게는 아무 말씀도 하지 않고 입학 등록을 포기해 버리셨다. 전혀 생각지 못한 일이었다.

아들 공부에 그렇게 많은 관심을 기울이던 부모님이 갑자기 왜 이렇게 변하셨는지 이해할 수 없었다. 아무리 집안이 기울었다 해도 장학금을 못 받는다고 입학 등록을 포기하실 정도였을까?

초등학교 6년 동안 학교숙제보다 부모님 숙제를 더 성실히 하고 철저히 검사를 받은 아들이었다. 주로 국어 받아쓰기와 문장 외우기를 많이 했다. 그래서 학교에서 좋은 성적을 올릴 수 있었다.

중학교 입학 등록을 하지 않으니 어린 생각에 공부에서 해방되는 홀가분함도 있었다. 하지만 늘 가던 학교에 안 가니 아무 재미가 없고, 앞날이 불안스럽기만 했다.

그렇게 한 달을 빈둥거리다가 근처에 있는 비닐우산 공장에 다니는 동네 친구들을 따라가 보았다. 집에서 노는 것보다는 좋을 것 같아서 바로 그 일을 같이했다.

나는 일을 열심히 해서 친구 중에 돈을 제일 많이 받았다. 그러나 공부가 제일 어렵고 힘든 줄 알았는데, 공장에 다녀보니 책상에 앉아 공부하는 것처럼 쉽고 재미있는 일이 없다는 생각이 들었다.

당시는 요즘같이 편리한 전동 드릴이 없어서 송곳을 양 손바닥으로 비벼서 돌려 우산대로 쓰는 대나무에 구멍을 뚫었다. 집에 돌아오면 손바닥이 퉁퉁 부어 젓가락질이 어려울 지경이었다.

다음날은 손바닥에 붕대를 친친 감고 작업하는 고달픈 날이 계속되었다. 초년고생은 사서라도 한다는 말이 있듯이 이러한 고난이 후일 나를 강하게 만드는 자양분이 되었는지도 모르겠다.

비닐우산 공장에 4개월을 다니고는 도저히 이렇게 살아서는 안 되겠다는 생각이 들어, 초등학교 6학년 때 담임이셨던 선생님을 찾아갔다.

"선생님, 중학교에 등록도 못 하고 공장에 다녔습니다. 그런데 이렇게 살면 안 될 것 같습니다. 공부를 계속하고 싶습니다."

선생님은 깜짝 놀라시며 여름방학이 끝나는 9월 1일에 6학년에 재입학시켜 주셨다.

'반공을 국시의 제1의로 삼고 지금까지 형식적이고 구호에만 그친 반공 태세를 재정비 강화한다…….'

그 사이에 5.16 군사쿠데타가 일어나서, 아침 조회시간에 반 학생이 전부 일어서서 뜻도 정확히 모르는 혁명공약을 낭독했다.

이렇게 3개월을 공부하고 중학 진학을 위한 국가고시를 치르게 되었다. 집안 형편상 실업계열인 목포제일중학교를 지원했는데 전체 6등으로 합격해 장학생이 되었다.

중간에 1년 동안 학교를 못 다니고 우산공장에서 일한 것이 나로서는 큰 깨달음을 얻는 기회가 되었던지 공부가 너무 소중하게 생각되어 아주 열심히 하게 되었다. 닥치는 대로 책도 많이 읽으면서 나름대로 지식을 쌓고, 생각을 넓고 깊게 하려고 노력했다.

3년간 장학생으로 중학교를 마치고 은행원을 꿈꾸며 목포상업고등학교에 진학했다. 당시는 집안 형편이 어려운 학생은 대학 진학을 미루고 바로 취업해서 돈을 벌기 위해 실업학교에 가는 것이 일반적이었다.

목포상업고등학교(목상)는 1953년부터 1990년대까지가 전성기였다. 학교만 졸업하면, 교보생명과 대신증권 등 금융기관에 자동으로 취직된다는 말이 있을 정도였다. 많은 졸업생이 일반 은행에 취업했다. 아직도 그 흔적이 많이 남아있어서 복도마다 있는 거울 하단에는 그 거울을 보낸 은행 이름들이 적혀있다.

호남지역뿐 아니라, 제주도에서도 목상을 찾아왔다. 동창회 명부에 제주은행장, 제주도 교육감 등의 직함이 나온다. 당시는 학교 바로 뒤에 동목포역이 있어서 무안, 함평, 나주는 물론 멀리 해남, 완도, 진도, 강진 등에서도 통학했다.

은행 퇴직 후 노벨상 기념관으로 찾아뵈었던 김대중 전 대통령(왼쪽 2번째가 저자)

동문 중에 가장 유명한 분이 김대중 대통령으로 22회 졸업생이시다. 김대중 대통령이 노벨 평화상을 받으셔서 우리 학교는 한국에서 유일하게 노벨상 수상자를 배출한 학교가 되었다.

그 뒤 상업계 고등학교가 쇠퇴할 즈음인 2001년에 인문계로 전환해 전남제일고등학교로 이름이 변경되었다가 2013년 목상고등학교가 되었다.

고등학교 1학년 때 광주에서 전국체육대회가 열리는데 개막식에 박정희 대통령이 참석하실 예정이라고 했다. 개막식 행사에 참여할 밴드부를 선발하는 경연대회에 나갈 학교를 뽑는데 우리 학교가 선정되었다.

학교에서는 우등생 중에서 체격이 좋은 학생을 선발해 반강제로 악기를 가르쳤다. 당시는 학생이나 학부모가 그것을 마다하지 않았고, 학교 지시에 반대할 수도 없는 분위기였다. 나도 공부에 해가 될까 싶어 별로 달갑지는 않았으나 악기 하나쯤 배워두는 것도 나쁘지 않다고 생각했다.

목포상업고등학교 밴드부 시절

또 그 시절에는 솔직히 악대가 멋지게 보이기도 했다. 학교가 남녀 공학이었는데 밴드부는 여학생 사이에 인기 최고였다. 나는 금관악기 트롬본을 불었다. 기초부터 시작해 겨우 초보 연주 수준까지 올라서자 밴드부 행진 대열의 맨 앞줄에 세워주었다. 행진 때마다 어깨가 으쓱했다.

트롬본은 이탈리아어로 트럼펫을 뜻하는 '트롬바'에 '크다'라는 뜻의 '오네'가 붙은 악기다. 그러니까 큰 트럼펫이라고 보면 된다. 금관악기 중 음이 웅장하기로 유명해 주로 종교 음악 분야에서 많이 사용되었다.

오른팔로 슬라이더를 앞뒤로 폈다 넣었다 하면서 음정을 조절하는데 한 포지션당 대략 10개의 음정을 낼 수 있다. 몸집이 작고 팔이 짧으면 포지션에 끝까지 이르지 못해 연주하기 어려운 악기여서 체격이 중요하다. 물론 행진 효과를 높이려면 키가 커야 하는 이유도 있었다. 그때 내 키는 이미 170cm가 넘었다.

체육대회 개막식 행진 악대로 선발되려면 전남 전체 고등학교에서 뽑은

브라스밴드 경연대회를 통과해야 하니, 정규 수업은 거의 받을 수 없고 밤늦게까지 연습에만 몰두했다. 그야말로 피나는 노력을 했으나 경연대회에서 2등 국무총리상을 받는 것으로 만족해야 했다.

밴드부라고 학교 공부도 소홀히 할 수 없었다. 학교에서는 개교 후 40여 년이 지난 그때까지 밴드부원 중에 은행에 합격한 졸업생이 없다고 했다. 그러니 처음으로 은행에 합격해 후배들에게 모범을 보여 달라고 담당 선생님이 신신당부하셨다. 그래야 그 명예를 이어 공부 잘하는 학생들이 밴드부에 지원한다는 말씀이셨다.

2년 2학기부터 본격적으로 취업준비가 시작되었다. 2학년 전체 석차 7등까지 선발해 강당 일부에 임시 숙소를 만들고 스파르타식 공부를 강행했다. 각 은행 시험에서 학교 명예를 걸고 1등으로 합격시키기 위해서였다. 매일 밤 4시간 정도만 잠을 자면서 공부에 전념했다.

내가 어릴 적 살던 바로 옆집에 '전남대 상대'에 다니는 추 씨 성을 쓰는 대학생이 있었다. 그 대학생은 학교 수업이 끝나고 집에 돌아오면 바로 걸레를 빨아 집 안을 청소하고 공부에 열중했다. 그 모습을 지켜보면서 어머니는 너도 크면 저 추 삼촌 같은 모범적인 학생이 되어야 한다는 말씀을 많이 하셨다.

나는 어릴 적에 삼촌, 삼촌, 하면서 잘 따랐다. 그분은 졸업과 동시에 당시 제일 좋다는 조흥은행에 당당히 합격하고 바로 엘리트 여성과 결혼해, 어린 시절 내 선망의 대상이 되었다. 그래서 나도 조흥은행 입행을 목표로 삼았다.

조흥은행은 1897년, 순수 민족자본으로 설립된 한국 최초의 민간 상업은행이다. 한성은행으로 출발해 1943년 동일은행을 합병해 조흥은행으로 이름을 바꾸었다. '조흥(朝興)'은 당연히 조선이 흥하기를 바라는 염원을 담은 것이었다.

우리 집 가보,
50년 사랑 스마일 배지

사공의 뱃노래 가물거리며
삼학도 파도 깊이 숨어드는데
부두의 새악시 아롱 젖은 옷자락
이별의 눈물이냐 목포의 설움

아, 목포!
목포는 항구다.
태어나 18세까지 살아온 내 고향이다.

가수 이난영 선생의 가냘픈 목소리가 더욱 애절한 불후의 명곡 '목포의 눈물'이 어디서나 들려올 것만 같은 고향 목포에 돌아오니 모든 것이 속속들이 정답고 친숙하기만 했다. 그래서 사람 섭외 등 은행 업무에 큰 도움이 되었다.

목포지점에 전입하고 6개월 후 대부계로 발령이 났다. 천안지점에서 이

결혼 전 두 사람이 함께 근무했던
조흥은행 목포지점 앞에서
저자 부부. 지금은 문화원이 되었다.

미 1년 6개월 대부계 실무경험이 있었으니 바로 익숙하게 실무에 들어갈 수 있었다.

1972년이 되자 국가 경제가 더욱 빠르게 확장 일로에 들어서서 야근이 다반사였다. 며칠간 장기야근이 계속되기도 했다. 지점 바로 앞 호텔을 예약해 놓을 테니 집까지 가지 말고 거기서 숙박하라고 은행에서 제안할 정도였다.

그렇게 바쁘게 근무하던 1974년, 지점에 함께 근무하는 참한 여성과 결혼했다. 처가는 당시 그 지점에서 현금 입금이 제일 많은 고객이었다. 나로서는 아버지가 생전에 하시던 말씀을 어기고 부잣집 딸과 결혼했으니 불효

자가 된 셈이다.

“용문아, 너는 커서 살림살이가 비슷한 집안에 장가가야 한다. 처가가 너무 잘살면 힘들어.”

자식들에게는 한 번도 내색하지 않으셨으나, 큰 부잣집 딸과 결혼한 아버지가 속으로는 처가의 부유함이 결코 편안하기만 한 것은 아니었던 모양이다.

나는 결혼 전에 아내 될 사람에게 솔직하게 털어놓았다.

“나는 가난한 집안 홀어머니 슬하의 6남매 중 장남이오. 시집살이가 만만치 않을 텐데 괜찮겠소?”

당시 나로서는 그것이 가장 큰 걱정이었는데 상대는 뜻밖에도 담담했다.

“당사자만 믿어요, 열심히 살아볼게요.”

대답은 그렇게 했으나 어릴 적부터 돈 걱정이라곤 전혀 모르고 살아온 사람이 과연 가난이 무엇인지 알기나 할지 얼른 믿어지지 않았다.

장인어른 되실 분이 지점장님을 만나 내가 어떤 사람인지 물어보셨다는 말도 들었다.

“제가 보기에는 믿어도 좋으실 겁니다. 딸 두신 분들이 여러분 그 직원에 관해 물어보셨습니다.”

지점장님이 이렇게 대답하셨다는 말을 듣고 너무 감사해서 눈물이 날 것 같았다.

훗날 오사카에서 근무할 때 장인어른과 장모님을 초청해 며칠간 모시고 일본 관광을 했는데, 하루는 장인어른이 말씀하셨다.

“딸을 낳아야 비행기를 타본다더니 그 말이 맞네!”

그때 흐뭇해하시던 모습이 지금도 눈에 선하다.

장인어른은 89세로 돌아가시기 3일 전에 나를 불러 말씀하셨다.

“내 통장과 도장을 자네에게 맡길 테니 알아서 잘 관리해주게.”

처남들이 있는데도 굳이 나에게 통장을 맡기신 장인어른의 뜻을 깊이 새겨, 지금까지 아무 탈 없이 잘 관리하고 있다. 그래서 장인어른은 통장 걱정 없이 하늘나라에서 편히 쉬시리라 믿는다.

우리 집에는 100원짜리 가보가 있다. 옛날에 유행하던 '스마일 운동' 배지다. 문방구점에서 100원 주고 산 건데 아내가 아주 귀하게 모셔놓고, 근 50년 동안 나에게는 딱 세 번만 보여주었다.

결혼 전에 아내와 사귈 때 알콩달콩 잘 나가다가 중간에 삐걱 소리가 난 적이 있었다. 별것도 아닌 일로 약간의 오해가 생겼던 거다. 평소에는 상냥하고 친절하던 이 아가씨가 그날은 퇴근 시간이 되자 인사도 없이 꽁한 표정으로 돌아서서 집으로 가는 것이었다.

근본적인 문제는 아니지만 오래가면 골이 깊어질 수도 있으니 빨리 해결해야겠다 싶어서 아이디어를 고민하는데 반짝 하나가 떠올랐다. 당시는 '스마일 운동'이 한창이었다. '웃으며 살자. 웃는 얼굴에 침 못 뱉는다' 같은 구호를 내세우며 스마일 배지 다는 게 유행이었다.

얼른 문방구로 뛰어가 구리 합금으로 만든 100원짜리 스마일 배지를 사서 예쁘게 포장해 들고 그녀의 집으로 찾아가 불러냈다.

"내일 아침 출근해서 만나면 이렇게 해주세요."

포장지에 싼 것을 건네주며 공손히 부탁했다.

다음 날 아침 어떤 반응을 보일지 무척이나 궁금했다. 그때는 온라인 시스템이 아니어서 은행지점에서 현금을 수납하면 수습사원이 전표를 담당 부서로 전달하는데, 바쁠 때는 일반 수납직원이 직접 전표를 전달해 주기도 했다.

그런데 그날은 그녀가 일부러 와서 전표를 나에게 전달해 주고 가는 것이었다. 가슴이 콩닥콩닥, 아무래도 감이 이상해서 전표를 유심히 살펴보니 뒷면 깨끗한 곳에 내가 어제 건네준 스마일 배지 두 배 크기의 빵끗 웃는 모양을 연필로 그려놓았다. 내 마음을 충분히 이해하고, 자기 마음을 잘 그려냈다는 느낌이 확 다가왔다.

그것은 전표가 아니라 우리 사이를 보증하는 사랑의 '정표(情票)'이자 증표였다. 정표를 영원히 보관하고 싶었으나 은행 업무전표라 그럴 수가 없어서 내 마음속 깊이 확실하게 복사해 두고, 고무 지우개로 지운 후 계산 담당으로 넘겼다. 지금 같으면 핸드폰으로 찍어 후일의 증거로 남길 수도 있었을 텐데.

그 스마일 배지 하나로 소낙비는 그치고 햇빛이 쨍쨍 비추어, 끝내 웨딩마치를 연주하게 되었으니, 지금은 돈으로도 여기지 않는 100원으로 프로포즈를 아주 잘 한 셈이다.

방긋 웃는 얼굴 모양의 스마일 배지가 유행하기 시작한 것은 우리 정치 상황이 얼어붙었던 1972년 초반이다. 그 전해에는 박정희 대통령이 '국가 비상사태'를 선언해 언론 출판의 자유와 국민의 권리를 제약하는 특별조치법이 제정되었고, 그해에는 '10월 유신'이 선포되어 전국이 차가운 동토의 계절로 빠져들었다.

그렇게 온 사회가 웃음을 찾기 힘들던 시절에 '웃으며 살자' 는 스마일 운동이 사회 각 분야에서 일제히 시작되었으니 참 아이러니하다 하지 않을 수 없다.

'잃은 웃음 되찾자'라는 구호는 한 여성 단체에서 처음 나왔다고 하는데, 어떻든 스마일 배지가 쏟아져 나오고, 학생들은 물론 버스 안내양들도 제복에 배지를 달았다. 공무원들도 국민에게 친절하게 대하자며 배지를 달았고, 경찰들도 웃는 배지를 달고 삼엄한 수사를 진행했다.

그러다가 1996년에 다시 불붙어, 여학생들이 교복이나 가방, 모자 등에 동그란 배지를 달고 다니는 것이 유행되었다. 누가 권해서가 아니라 귀여워서 스스로 달았다는 것이 70년대와는 달랐던 점이다.

그런 스마일 배지로 인해 내가 결혼을 하게 되었으니 그 배지는 내 인생에서 가장 고마운 은인인 셈이다. 그래, 세상에서 웃음처럼 소중하고 강한 것은 없지!

이런 스마일 배지를 아내가 지금까지 애지중지 보관하고 있는 것으로 미루어 아직 우리 사랑에 변함은 없다고 자만해 본다. 그토록 오래 고이 지키고 있으니 돈으로 환산할 수 없는 무형의 가보가 틀림없다. 하늘나라에 갈 때 아이들에게 상속해 주겠다나, 그렇게까지 귀하게 여긴다니 고맙기 그지없다.

한때 실물 크기로 찍어 친구들에게 카톡으로 자랑하며 댓글을 달았던 적이 있다.

'남의 집 귀한 가보를 무료로 선보입니다. 가격이 저렴하니 도둑맞을 우려도, 마음을 빼앗길 우려도 없겠지요, ㅎㅎ. 배보다 배꼽이 커서 최근 장만한 케이스 가격이 훨씬 비싸요. 배지의 표면에 녹이 보이지요? 치열한 삶의 역정 속에 흘린 땀의 훈장일 겁니다. 지우지 말아야죠. 가보를 이루는 가치의 한 부분이니까.'

우리 사랑의 결실 스마일 배지

대출 담보로 잡은 여객선이 황당하게 침몰

목포지점에서 근무한 6년 가운데 5년 가까이 대부업무를 담당하면서 일반 직원이 접할 수 없는 다양한 실무를 경험할 수 있었다.

부동산 감정부터 담보설정, 경매 등 강제집행, 경매 절차, 비업무용부동산 취득과 매각, 법정관리기업의 관리 실무와 해제, 여기서 더 나아가 담보로 취득한 여객선의 경매, 유입물건 취득, 바다에 침몰한 배의 인양과 복구, 용선 임대, 매각까지 요즘 은행원들은 생각지도 못할 일을 경험하고 처리했다.

이 중에 여객선 경매 건은 다른 은행원들은 해보기 어려운 특이한 경험이었다. 당시는 오늘날같이 서해안 섬을 연결하는 연육 도로들이 없어서 각 섬을 운항하는 여객운송업체가 많았다.

이 중에 여객선을 담보로 대출을 받은 배 주인이 경영이 어려워지자 담보물인 목조 여객선의 경매를 신청했다. 제3자 경락자가 없어서 조흥은행이 낙찰을 받았는데, 배 주인이 배를 인계하지 않을 목적으로 멀리 제주도 선착장에 정박해 놓고 도주해버렸다.

할 수 없이 대리 선장을 수소문해서 목포항으로 끌어와 정박해 두었는데, 목선을 오래 운항하지 않으니 배 밑에 이끼가 붙어 부식하기 시작했다. 배를 움직이게 하기 위해서는 여객운송업자에게 용선 임대를 해야 했다.

어렵게 운송업자를 찾아 겨우 임대를 마쳤다. 그런데 어느 날 구내식당에서 밥을 먹고 있는데 방송에서 뉴스가 흘러나왔다. 조흥은행 소유 여객선이 침몰했다는 것이다. 아연실색해 정신없이 현장의 섬으로 가보니 여객선 업체들의 노선 경쟁이 심해서 임대 해준 우리 배를 다른 배가 뒤에서 추돌한 것이다.

배는 그 자리서 바로 침몰했다. 밀물이 들어와 물에 잠긴 배의 모습은 볼 수 없고 수면 위로 돛대만 보였다. 인명피해는 없었으나 화물은 전부 바닷속에 수장되어버렸다.

화물 주인들이 단합해서 은행 소유 선박이니 은행에서 변상하라고 강하게 압박해왔다. 우여곡절 끝에 여객선 임차인이 나서서 큰 무리 없이 해결되었다.

그러나 은행 재산인 선박이 바닷물 속에 처박혀 있으니 관리자로서 시간적 정신적 애로가 이만저만 아니었다. 그런 중에 제보가 하나 들어왔다. 선박의 엔진 성능이 좋아서 임차인이 달밤에 잠수부를 동원해 엔진을 철거해 갔다는 것이다.

가만 생각해 보니 여기에 이 선박 문제를 해결할 실마리가 있을 것 같았다. 임차인을 찾아가 주인 몰래 물건을 훔쳐갔으니 형사 책임을 묻겠다고 강력히 항의하자, 오래지 않아서 그동안의 임차비용을 모두 갚고 장부가격으로 배를 인수하겠다고 나왔다. 이렇게 해서 오랫동안 괴롭히던 골칫덩이가 무난히 해결되었다.

며칠 후 목포 경찰서에서 느닷없이 공문이 왔다. 여객선에 비치된 총기 상황을 파악해 통보하라는 것이었다. 여객선에 총기가 있었다고? 은행 실무도 바쁜데 듣도 보도 못한 총기류 관리까지 해야 하다니!

선박이 납치당해 공해상으로 끌려갈 우려에 대비해 여객선 안에 총기를 비치했다는 것이다. 천만다행으로 침몰한 배 안에서 총기를 찾을 수 있었다.

은행 업무 자동화 배우려고 일본어 공부

은행근무가 10년 가까이 되어가자 꼬집어 말하기 어려운 어떤 회의가 느껴지기 시작했다. 그래서 공인회계사에 도전해 보려고 은행에 6개월 휴직계를 내고 책상 앞에 엎드려 있었다. 2회 특진으로 동기들보다 반년을 앞서 있었으니 은행 안에서의 진로는 크게 걱정하지 않고 공부에만 전념했다.

그러나 이때 마침 태어난, 눈에 넣어도 아프지 않을 딸과 아내를 바로 옆에 두고서는 독신 때와는 다르게 정신이 집중되지 않았다.

결국은 포기하고 목포지점으로 복직했다. 당시는 서정쇄신과 사회정화를 내세우고 부조리를 퇴치한다는 명목으로 한 지점에서 3년, 한 부서에서 2년 이상 장기근무를 하지 못하게 했다. 그런데도 나는 목포지점에서만 6년을 근무했으니 아마도 윗분들이 나를 그리 나쁘게 보지 않으셨던 모양이다.

78년 봄 대리로 승격되어 대전지점으로 발령받았다. 아무런 연고도 없는데 웬 대전지점이람? 처음에는 선뜻 이해되지 않았으나 뒤에 알고 보니 휴직할 때 지점장이셨던 분의 고향이 대전인데, 내가 복직하면 대전으로 발령해

달라고 인사부에 요청한 사실이 있었다는 것이다. 지금은 돌아가셨는데, 그 지점장님께서 보내주신 신뢰에 깊은 감사를 표한다.

대전지점에서 보통예금을 담당할 때였다. 당시는 여러 시중은행에서 사무 자동화 시스템이 급격히 퍼져나가던 시기였다. 서울 본사와 대전지점 사이에 보통예금 온라인 시스템이 개통되기 하루 전 일요일, 대리 1명과 행원 1명이 한 조가 되어 일직 당번을 하는 규정에 따라 은행에 출근했다.

대전지점은 중소 상점들과 영세상인이 밀접한 지역에 자리 잡고 있어서 다른 지역 송금 거래가 많았다. 그래서 은행 직원이나 고객들이 온라인 개통을 손꼽아 기다리고 있었다.

시내 곳곳에 온라인 시스템 개통 플래카드를 내걸고 대대적으로 홍보를 펼쳤다. 다음날은 행장님까지 직접 오셔서 개통식 테이프커팅을 하시기로 예정되어 있었다.

온라인 단말기 설치를 맡은 업체에서 그날 오전 10시에 작업을 시작해 약 3시간 후에는 마친다고 통보가 왔다. 시간에 맞춰 일본 오키덴키사 엔지니어가 자신만만한 표정으로 혼자 들어섰다. 그런데 정작 작업을 시작하고는 무엇이 잘 안 되는지 계속 고개를 갸우뚱거리며 얼굴에서 진땀을 뻘뻘 쏟아냈다.

혹시라도 오늘 작업이 이루어지지 않아서 내일 개통이 되지 않으면 대참사가 될 게 틀림없었다. 그런데 심상치 않았다. 엔지니어가 혼자 온 것으로 보아서는 분명히 자신이 있었던 것 같은데 점점 불안해지기 시작했다.

본점과 통화를 계속하더니 기계에는 이상이 없는데 통신에 문제가 있는 것 같다고 했다. 그러나 본점과 광화문 전신국, 대전 전신국, 대전지점을 돌아가며 순서대로 점검해 보아도 통신에도 이상이 없다고 했다.

귀신이 곡할 노릇이라는 말은 이럴 때를 두고 하는 게 아닐까. 내가 일본어를 모르니 도울 수 있는 일도 없었다. 세 사람이 종일 우왕좌왕하며 지점장은 물론 본점에까지 보고하는 등 대소동이 벌어졌다.

그렇게 새벽 2시까지 애를 태우다가 마지막으로 통신선 단말기 자체를 다시 세밀히 점검해 보았다. 그러나 역시 이상이 없었다. 엔지니어는 일본 본사에까지 보고하고는 이제 지시를 기다리는 일밖에는 다른 방법이 없다고 했다.

그러다가 어찌 되었든 변압기는 연결해야 하니까 기다리는 동안 그 일이나 하자면서 간단하게 작업을 마치고 전원을 연결했다. 짜잔! 놀랍게도 모든 시스템이 일제히 완전 정상으로 작동하는 것이 아닌가! 하, 이럴 수가!

그러고 보니 그런 정밀한 기계를 사용하려면 기간산업인 전력의 질이 완벽해야 하고, 항상 일정한 전압을 공급해야 한다는 사실을 그때 처음으로 알게 되었다.

앞으로 은행 업무를 전부 자동화할 계획인데 거기에 쓰이는 하드웨어가 모두 일본 제품이라면 그 모두를 이해하기 위해서는 반드시 일본어를 배워야 하겠구나! 이렇게 느끼게 된 것도 바로 그때였다.

며칠 후 서점에 가서 일본어 교재를 샀다. 그리고 78년 하반기부터 시작해, 시간 나는 대로 만 5년 동안 독학으로 일본어를 공부했다. 지금 생각해 보면 정말 절박함 속에 기회가 있었다.

외국인 선교사 초청, 영어 성경공부반 개설

대전 근무가 끝나갈 무렵, 광주에서 대학에 다니는 남동생이 혼자 자취하며 학교 다니기가 힘들다는 연락이 왔다. 그래서 광주지점으로 전근해 동생을 데리고 살아야겠다고 생각했다.

초급행원 시절 천안에서 지점장으로 모셨던 본점 인사부장님을 찾아뵙고 간곡히 내 사정을 말씀드렸다. 그러나 광주지점은 가려고 하는 지원자가 많아서 경쟁이 치열하니 장담하지 못하겠다고 말씀하셨다. 국내 점포 중에서 광주지점이 전입하기 제일 어려운 곳이라고 하셨다.

그런데 일주일 후 발령이 났다. 인사부장님께서 적극적으로 배려해 주신 것이다. 광주지점에 부임해 6개월 만에 다시 대부 담당 대리 보직을 받았다. 상당히 이례적인 배치였다.

어느 날 지점장님이 부르셨다.

"사실은 대전지점 지점장이 내 윗동서인데 김 대리 말씀을 많이 하시더라고요. 내가 잘 들었으니 여기서도 일 잘해 주세요."

아, 세상이란 다 이렇게 연결되는 거로구나, 그러니 거짓이란 절대 있을 수 없구나, 모든 일에 정직하고 정성을 다해야 한다는 것을 온몸으로 절실하게 느낄 수 있었다.

광주에 부임해 보니 부실대출 상각 대상이 되어 수년간 은행감독원 검사에서 지적받은 건이 있는데 여전히 미결상태였다. 상각이란 대출금을 회수할 수 없다고 판단해 손실로 처리하는 것을 말한다.

돈을 빌린 차주가 재산이 전혀 없어야 상각을 할 수 있는데, 차주에게 주류를 판매하는 유한회사의 지분이 있었다. 그것이 재산 확인서에 명확히 기재 되어있어서 상각과 강제집행이 불가능한 사안이었다.

차주에게 재산이 있는데도 대출 상각 대상이 되었다고? 이상해서 이런 경우에는 어떻게 해야 하는지 금융 관계 법전을 탈탈 털어보았다. 먼저 유한회사 탈퇴 절차를 진행하고 그 후에 상각할 수 있다는 결론이 나왔다.

무릎을 탁! 치고 차주에게 유한회사 탈퇴 강제집행 통지서를 발송하자 곧바로 차주로부터 자진 상환 의사가 날아왔다. 그래서 아무 손실 없이 그 건을 해결할 수 있었다.

그 건을 담당했던 선배로부터 고맙다는 전화가 왔다. 그리고 은행감독원 검사 때 수년간 고정 미결사항이던 본건의 해결 과정을 설명해달라는 요청이 와서 자세히 답변을 드렸다.

그랬더니 은행감독원에서 이 건 담당자에게는 사후 관리 표창장을 신청하라고 지점장에게 지시가 내려왔다. 은행감독원 검사에서 지적되면 벌을 주는 게 일반적인데 아주 이례적인 조치였다.

나는 승진한 지 얼마 안 되어 대부계 주임에게 표창장을 양보했더니 얼마 후 주임이 대리로 진급하는 경사가 생겼다.

1980년 국내 정치가 긴박하게 돌아가다가 광주에서 5.18 민주화운동이 발생했다. 5월 초부터 전남대와 조선대 학생들이 주도하는 시국 성토대회가 연일 개최되더니 5월 14일부터 도심으로 진출해 거리에서 시민들과 함께 대규모 정치집회를 전개했다.

시위가 확산하자 신군부는 17일 오후 7시, 광주에 공수부대를 투입했다. 그리고 그날 밤 '비상계엄 전국 확대'를 발표하고 전국에서 대학생과 재야인사들을 연행하기 시작했다.

광주에서도 5월 18일 자정이 다 되어 십수 명이 광주 505 보안대로 연행되었다. 전남대와 조선대에 머물러 있던 학생 112명도 연행하고, 언론사와 방송국, 광주 시내 주요 기관에 제31사단 군인이 투입되었다.

그날 아침 나는 동료 대리 두 명과 함께 영어회화학원 새벽반에 출석했는데, 주로 전남대생들이 많이 듣는 수업이었다. 수업이 끝나고 불과 1시간도 안 되어 학원에 진압군이 들이닥쳐 무차별 강제 진압이 벌어졌다. 하마터면 크게 변을 당할 수도 있었던 아찔한 순간이었다.

그 후 어느 날 내가 모시는 지점장이 한국은행 광주지점장과 경합한 결과 광주은행 전무로 발탁되어 가게 되면서 나를 지점장실로 부르셨다.

"그동안 고마웠네. 대출받은 고객들이 다녀가면서 김 대리가 친절하게 잘 해준다는 칭찬을 많이 했는데, 오늘에야 내가 그 이야기를 전하네. 내가 이번에 광주은행 전무로 가게 된 것은 내가 대리 시절 당좌를 담당할 때 맺은 인연 때문일세. 지금 광주은행을 지배하는 금호그룹 회장님이 그때 광주여객을 운영하셨는데, 지선 버스가 많아서 매일 수금 시간이 많이 늦었다네. 몸소 당좌 결제시간 임박해 지점에 오셔서는, 미안해서 안으로 들어오지 못하고 밖에서 창문 너머로 쳐다보시면 내가 나가서 기꺼이 돈을 받아 당좌 결제를 해드렸는데, 그걸 두고두고 고마워하셨네. 그래서 이번에 광주은행으로 가게 된 걸세. 김 대리도 앞으로 지금처럼 열심히 하게. 그러면 좋은 일이

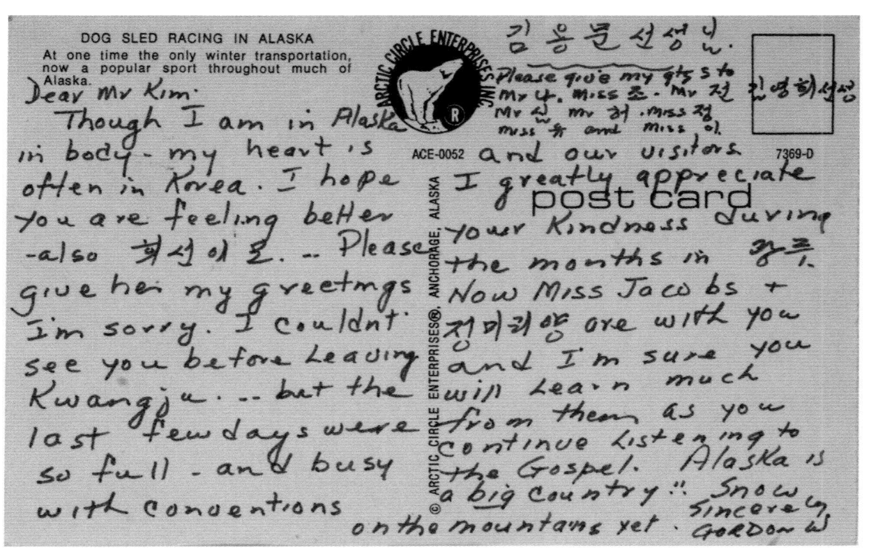

DOG SLED RACING IN ALASKA
At one time the only winter transportation, now a popular sport throughout much of Alaska.

Dear Mr Kim:
Though I am in Alaska in body - my heart is often in Korea. I hope you are feeling better - also 희선이도. .. Please give her my greetings. I'm sorry. I couldnt see you before leaving Kwangju... but the last few days were so full - and busy with conventions

ACE-0052

김용문선생님.
Please give my gts to Mr 나. Miss 조. Mr 전 Mr 신. Mr 허. Miss 정 Miss 유 and Miss 이. and our visitors. I greatly appreciate your kindness during the months in 광주. Now Miss Jacobs + 정미리양 are with you and I'm sure you will learn much from them as you continue listening to the Gospel. Alaska is a big country!! Snow on the mountains yet.
Sincerely,
GORDON W

© ARCTIC CIRCLE ENTERPRISES®, ANCHORAGE, ALASKA

post card

7369-D

김영희선생

광주지점 영어 성경공부반에서 가르친 캐나다 선교사 골든 윙클러 씨가 본국에 돌아가 학생(직원)들에게 보낸 엽서.

많이 생길걸세."

1968년 지역 상공인들이 설립한 광주은행은 1975년 광주 향토기업인 금호산업이 인수해 금호그룹 산하가 되었다.

지점장님 말씀을 듣고 항상 고객에게 진심으로 대하면 후에 더 큰 열매를 맺어 돌아온다는 진리를 다시 한번 마음에 새기게 되었다.

지방 근무만 하다 보니 야간대학에라도 입학할 기회가 주어지지 않았으나 향학열은 여전히 수그러들지 않았다. 이럴 때 제일 좋은 방법은 외국어 공부일 것 같았다. 외국어는 꼭 대학에 출석해 강의를 들을 필요도 없고, 어린아이가 말을 배우듯이 혼자 계속 중얼거리며 반복하면 능숙해질 수 있다.

당시에는 EBS 교육방송에서 새벽 5시부터 외국어 방송이 있어서 비디오로 자동 녹화해 두었다가 퇴근해서 듣는 방법으로, 매일 빠짐없이 영어와 일어를 공부했다. 영어는 방송통신대학 영어영문학과 5년제에 등록하고, 일본어는 독학으로 시작했다.

'그래, 어차피 대한민국은 수출로 먹고살아야 하니 외국어에 능통해야 해. 은행 업무에서도 외국어는 큰 도움이 될 거야.'

학문을 연구하는 게 아니고, 그냥 실용언어를 구사하는 것이니 외국어를 생활로 끌어들이면 된다고 생각했다. 2개 언어로 동시통역을 해 보자. 학교 다닐 때는 사전도 암기해보지 않았던가.

내가 피곤해서 새벽 시간에 일어나지 못할 때는 어김없이 아내가 대신 녹화해주었다. 아내는 내 독학에 헌신적으로 내조했다.

광주지점 대리로 옮겨가서는 내가 아는 외국인 선교사들을 초청해 지점에 영어 성경공부반을 만들었다. 희망하는 직원은 누구나 일주일에 두 번씩 무료로 들을 수 있으니 영어 공부를 하기에는 좋은 기회였다.

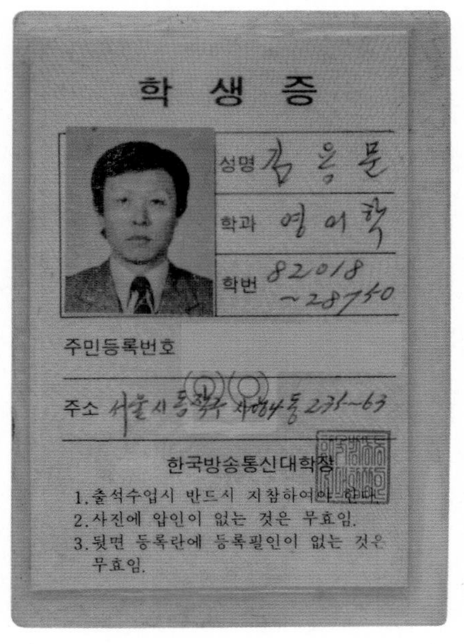

방송통신대 영어과 학생증

은행 돈으로 해외연수 한번 가보자

그다음 다시 목포지점으로 발령이 나자 광주지점에서 있었던 이야기를 들은 직원들의 요청으로 다시 영어 성경공부반을 개설했다.

이렇게 하다 보니 해외연수에 도전하고 싶은 의욕이 생겨났다. 솔직히 그때 지방지점에는 이런 꿈을 가진 직원이 드물었으나 나는 계속 직원들의 사기를 북돋아 주었다.

"은행 돈으로 해외연수 한번 가보자. 미국도 가고, 일본도 가보자."

그러나 당시 해외연수는 영어권 위주여서, 서울대 어학연구소 해외연수 시험에 합격해도 워낙 적체가 심해 연수를 갈 기회가 나지 않았다. 그런데 마침 연수원에서 제2외국어 쪽에도 연수 갈 사람을 선발하는데 지원자가 없다는 공문이 왔다.

'그래, 바로 이거야! 내가 더 잘할 수 있는 일본어로 도전해 보자.'

지원서를 보내 시험을 보고 바로 합격했다. 일본어는 워낙 합격자가 없어서 원하는 시기에, 원하는 은행으로 연수를 갈 수 있었다.

일본 시중은행 중 역사가 가장 깊고 규모가 크다는 미쓰비시 은행 서울지점은 초기 행원 시절, 본점 자금과 지급준비반에서 근무할 때 출입해본 인연이 있었다. 일본에 벚꽃이 만발한 84년 4월, 미쓰비시 은행으로 출발이 결정되었다.

출국 전 미쓰비시 은행 서울지점에 인사를 갔다. 일본인 차장이 깜짝 놀라면서 한국에서 자기네 은행으로 연수 가면서 인사 온 사람은 내가 처음이라며 무척 반가워했다.

그는 조선호텔 고급식당으로 나를 데려가더니 점심을 사주며 물었다.

"도쿄에 가면 숙식할 곳은 있으신가요?"

"아직 못 정했습니다. 우선 호텔에 있을 겁니다."

"아, 그렇다면 좋은 곳 하나 추천해드리지요. 지하철 한 번만 타면 미쓰비시 은행 본점까지 갈 수 있는 곳에 우리 은행 독신자 생활관이 있습니다. 좋으시다면 제가 주선하겠습니다."

역시 일본인 다운 비즈니스맨의 세심한 배려였다.

야, 이렇게 좋은 일이 생기다니! 땡큐! 땡큐! 역시 사람은 인사를 잘하고 봐야 한다니까! 세상에 나에게 이런 복이 올 수가 있나? 은행에서 주는 호텔비를 아낄 수 있고, 무엇보다 보안상으로도 안전하고 편하지 않겠나!

너무 좋다고, 고맙다고 대답하니까 그는 사무실로 돌아가 바로 전화를 걸어 독신자 생활관에 방을 마련해주었다. 나는 그들 은행의 이런 시스템이 몹시 부러웠다. 전화 한 통으로 바로 해결하다니, 우리 조흥은행 같으면 며칠은 걸리지 않았을까.

갑자기 횡재해 주머니가 두둑해지니 마음이 날아갈 것 같았다. 그러나 주거가 해결되자 다음 문제인 연수 과제가 걱정이었다. 본점 연수과에서 내놓은 요청은 은행이 앞으로 결국은 수익구조가 각 은행 자율화로 가야 하니 일본의 외환 수수료 결정 방법에 관해 연구하고 오라는 것이었다.

내가 촌놈이라고 은행이 나에게 텃세를 하는 걸까? 촌놈에게 무슨 외환 수수료를 연수해 오라는 거야? 대학도 없는 지방에서만 근무하다 보니 외환 업무는 해본 일도 없는데……, 앞이 캄캄했다.

내가 연수를 받는 곳은 미쓰비시 은행 국제비즈니스센터로 이미 정해져 있었다. 큰일이었다. 그러나 한편으로는 당시 이미 통신 연수로 영어와 외환을 선택해 줄곧 공부해 왔기 때문에 아주 까막눈은 아니어서 조금은 믿는 구석이 있었다. 에라 모르겠다, 일단 부딪쳐 보자.

주거비 아껴 연수 담당자와 술 마시며 '대박'

연수를 떠나면서 평소에 공부하던 일어-영어 회화책을 들고 갔다. 일본에서 나온 책인데 일어와 영어를 한꺼번에 공부할 수 있었다. 당시 나는 이 책을 항상 들고 다니며 그 책갈피로는 1984년 2월 당시의 적립식 신탁예금 월부금 표를 사용했다.

외부 섭외 때 고객 상담을 위해 책 속에 꽂아두고 수시로 암기하기 위해서였다. 3년제 이자가 복리로 연평균 수익률이 무려 14.65%나 되었다. 오늘날 금리의 5~6배는 된다. 그때 조흥은행에 신탁예금을 했던 거래처는 모두 부자가 되었을 것이다.

회화책에 꽂혀 있어서 일본 연수까지 따라갔던 그 표를 지금 찾아내고 보니 높은 금리와 은행 마크의 감회가 새롭다.

드디어 일본에서 연수가 시작되었다. 놀라운 사실은 우리나라는 그냥 외국부가 전부인데 그네들은 외국부 안에 아시아, 유럽, 중남미, 아프리카 등 지역별로 분야가 세분되어 있었다는 점이다. 그것을 보니 국가 전체 무역 규

도쿄 치요다구의 미쓰비시 은행 본사

연수 때 가져간 일어-영어 회화책

모를 짐작할 수 있었다.

연수 시작과 동시에 또 앞이 캄캄한 일이 벌어졌다. 한국은 금융단 협정으로 외환 수수료가 어느 은행이나 전부 똑같은데, 일본은 이미 은행마다 자율화가 정착되어 있었던 것! 게다가 은행의 자체 수익 결정체계는 철저한 대외비로 되어있었다.

이걸 도대체 어떻게 한단 말인가. 아무리 고민해도 방법이 보이지 않았다. 할 수 없다, 연수 과제를 기한 내 제출하지 못하면 출장경비 반환하고 징계를 감수하기로 하자. 체념상태가 되었다.

이렇게 고민 속에 시일이 흘러 귀국할 날이 얼마 남지 않았는데, 놀랍게도 솟아날 구멍이 생겨났다. '세월이 약'은 일본에서도 통하는 만병통치였던가 보다.

미쓰비시 은행 직원들의 생활상을 가만히 살펴보니 우리와 크게 다를 바가 없어서, 직원 대부분이 퇴근 후 간단히 한잔하기를 좋아하는 셀러리맨 풍

적립식 목적 금전신탁 월부금표

매월 부금을 6개월마다 복리로 운용하여 드리므로 목돈 마련에 유리합니다.

(단위 : 원)

기간 \ 목표액	10만원	30만원	50만원	100만원
1년 6개월	5,180	15,540	25,900	51,800
2 년	3,800	11,400	19,000	38,000
2년 6개월	2,950	8,850	14,750	29,500
3 년	2,400	7,200	12,000	24,000
3년 6개월	2,000	6,000	10,000	20,000
5 년	1,300	3,900	6,500	13,000

*목표액은 세금 공제 전 금액입니다.

신탁금리안내

1984. 2. 1 실시

개발신탁 배당률

기간	종별	배당이율	연평균수익율
2년제	이자복리식	연 9.6%+0.9%([illegible]2%)	13.30%
	이자지급식	연 9.6%+1.1%([illegible]2%)	1년차는 확정금리 2차년도는 1년만기 정기예금 금리의 1.3배
	할인식	연 9.6%+0.9%	12.03%
3년제	이자복리식	연 9.9%+0.6%(할[illegible]%)	14.65%
	이자지급식	연 9.9%+1.1%(할[illegible]%)	1년차는 확정금리 2~3차년도는 1년만기 정기예금 금리의 1.3배
	할인식	연 9.9%+0.9%	13.17%

조흥은행

책갈피로 쓰던 월부금 표

속도였다. 그래, 연수 경비 아낀 것으로 한국으로 돌아가기 전에 얘네들에게 술이나 실컷 사자, 어차피 공짜 돈인데.

"우리 언제 한잔합시다."

그동안 나를 담당해온 연수총괄 직원을 슬쩍 건드리니 아주 좋아했다. 그들은 한국식으로 '언제 식사 한번 합시다'하고 던지면 반드시 좋은 시간을 잡아 연락해준다. 우리네가 흔히 하는 빈말 풍조와는 다른 점이 있다.

미쓰비시 은행에서 안면을 튼 직원 몇 사람과 돌아가며 술자리를 가졌다. 나를 담당해온 직원과는 술자리를 몇 차례나 거듭하면서 인간관계가 깊어가는데, 어느 날 술을 마시다 자연스럽게 연수 과제에 대해 말이 나왔다.

술기운에 내가 고민거리를 털어놓자 상대는 별로 어려운 일이 아니라는 듯 아주 쉽게 한마디 던지는 게 아닌가.

"노 프러블럼! 전혀 걱정하지 마세요."

뭐라고? 슬슬 올라오던 술기운이 갑자기 말짱해졌다.

다음날 그는 외환 수수료 결정체계 파일을 통째로 건네주며 은행에서 보면 안 되고 숙소에 가져가서 보라고 했다. 세상에나, 자기네 영업 밑천을 통째로 뽑아준 것이다. 그날 밤 너무 좋아 밤잠까지 설쳤다.

재미있는 점은 술은 내가 샀으나 술값은 결국 미쓰비시 은행 서울지점 차장이 내준 셈이나 다름없다. 그분이 호텔비를 아끼게 해주어서 마련된 돈이니까. 아무리 생각해도 하늘의 도우심이 아니면 무엇인가 싶었다.

서울에서 만난 서울지점 차장님이 내 숙소를 배려해 주시지 않았다면 감히 상상도 할 수 없는 일이었다. 숙소에 가지고 가서 열람하라고? 은행 독신자 생활관도 은행 안에 속한 시설이니 결국 은행 내부에서 열람하는 격이나 다름없다는 말인가?

파일 양이 엄청나 베낄 수가 없어서 다음날 그대로 싸 들고 조흥은행 도쿄지점으로 달려갔다. 지점에서 보더니 깜짝 놀라는 것이었다.

"아니, 지점에서도 불가능한 일을 연수생이 해냈단 말이오? 이런 대박이 있나!"

나쁘게 보면 산업스파이 같지만 훔친 게 아니니 스파이는 분명 아니었다. 이런 게 연수생이 할 일이라며 칭찬을 듬뿍 받고 파일을 통째로 도쿄지점 용도로 복사했다.

미쓰비시 은행의 연수총괄 담당 직원은 후일 내가 한국으로 돌아온 후 부부를 서울로 초청해, 천안 독립기념관을 견학하고 당시 내가 소장으로 있던 롯데호텔출장소도 방문했다. 천안 독립기념관을 견학하고는 일제 강점기 시절 한국인에 가한 학대와 고문 행위에 대해 개인적으로 사과까지 했다.

그 후 그와 나는 2년에 한 번씩 부부 동반으로 서로 한국과 일본을 오가고 있다.

연수가 끝나고 귀국 인사차 조흥은행 도쿄지점에 들렀는데 거기서 이런 말을 듣고 얼마나 흥분했는지 모른다.

"앞으로 당신 같은 사람이 도쿄지점으로 와야 하는데."

아, 이제 나 같은 '쫄 고졸' 출신도 언젠가는 연수가 아닌 대망의 해외점포

일본 미쓰비시 은행 연수 때 나를 담당했던 직원 부부(오른쪽)는 후일 한국에 와서
내가 소장으로 있던 롯데호텔출장소를 방문했다(왼쪽 두 번째 저자).

근무를 할 날이 있겠구나! 꿈을 가득 안고 귀국 길에 올랐다.

'그래, 힘내자! 인생은 각본 없는 드라마야, 앞으로 어떤 드라마틱한 일이 펼쳐질지 누가 알아!'

인생살이 새옹지마라 하지 않던가.

연수를 마치고 당당하게 귀국해 집안 형편상 다시 지방 발령을 원했으나 은행이 돈 들여 공부시켰으니 그렇게는 안 된다고 인사부에서 거절하는 것이었다. 그리고 여의도지점으로 발령을 냈다.

서울에 집이 없으니 임시로 논현동 생활관으로 들어갔는데, 퇴근 후 다른 할 일이 없어서 한 달 만에 연수 리포트를 제출했다.

"얼마나 공부를 열심히 했으면 한 달 만에 과제를 제출하냐?"

연수과에서 칭찬받았다. 이렇게 빨리 제출한 연수생은 없다는 것이다. 신

기록이라나! 참, 세상사 알 수 없다. 술만 부지런히 사고, 마시고 왔는데, 술 마시는 것도 연수였단 말인가?

후일 도쿄지점으로 발령이 나서 인사차 연수받은 미쓰비시 은행을 방문했더니 '인심 좋은 미스터 김'이 왔다며 환대가 대단했다. 당연히 도쿄지점으로 올 줄 알았다나 어쨌다나. 하여튼 일본 사람들 입에 발린 아첨은 세계적으로 알아주어야 한다.

이게 다 내가 돌아가면서 술을 사주어서 얻어진 효과가 아닐까? 어차피 은행연수 출장비로 술을 샀으니 이것도 공적 지출에 해당하겠지.

후일 안 일인데 미쓰비시 은행 연수과에서 조흥은행 도쿄지점과 본사 연수과로 서신을 보내왔다는 말을 들었다.

'지금까지 E 은행 직원들이 우수하다고 알고 있었는데, 조흥은행에서도 그에 못지않은 훌륭한 직원을 보내주셔서 고맙습니다.'

출국 전 미쓰비시 은행 서울지점에 인사하러 간 사소한 일이 이처럼 엄청난 결과를 만들어낸 것이다. 비즈니스는 결국 인간관계이니 상대에 대한 예우를 잘해야 한다, 돈 드는 것도 아니지 않은가. 사후 인사(after service)가 아닌 사전 인사(before service)가 필요하구나, 옳거니!

특이한 기억은 일본인들은 인사할 때, 심할 경우는 허리를 90도 가까이 굽히고 4~5초가량을 숙인다는 점이다. 나는 고개를 들었는데도 아직 숙이고 있어서 할 수 없이 다시 고개를 숙이는, 결국 두 번 인사하는 꼴이 되는 경우가 많다. 아주 정중하게 인사하는 습관이 있는 것이다.

KBS 출장소장 가서 민심 얻기에 주력

여의도지점에 부임하니 주거래처가 한국방송공사, KBS였다. 대리급이 출장소장이 되어 직원 3명을 데리고 '매일 파견' 형식으로 가서 근무하며 6개월씩 교대하는데, 대리들 사이에서는 '유배 간다'라며 우습게 보고 있었다. 유배 가서 시간이나 때우면 된다는 생각이니 무슨 의욕이 있겠는가.

내 차례가 되어 부임해 보니 TV를 통해서만 보던 유명인들을 만나는 것도 새로운 즐거움이었다. 거래 양태를 알아보니 조흥은행, K은행, E은행 3곳과 거래하는데, 조흥은행이 맡은 업무는 시청료 관리였다.

조흥은행은 시청료 고지서 관리에 너무 많은 인력이 소요되어 노력과 비교해 실익은 적었다.

KBS는 당시 86, 88 올림픽 주간사 방송국으로 국제방송센터(IBC)를 건립할 예정이었다. 완공되면 3개 은행 중에 한 은행이 입점하게 되어있어서 치열하게 경쟁하는 중이었다.

우리 지점이나 본점에서는 현재 출장소를 운영하는 곳은 우리뿐이니 조흥은행이 당연하지 않겠느냐는 안이한 생각을 하고 있었는데 나로서는 내심 절박감이 들었다.

우리 목적을 관철하기 위해서는 KBS 직원들의 민심을 얻어야 한다는 결론을 내리고 전략을 세웠다. 당시 직원들의 대출수요가 아주 많으니 남보다 먼저 이를 해결해 주면 조흥에 대한 호감도, 즉 직원들의 민심이 자연히 올라가리라고 판단했다.

본점에 건의해서 대출한도를 받아 KBS 직원들에게 소액 대출을 해주고, 대신 직원들 월급 계좌를 우리가 전부 개설해 묶어두자.

그렇게 해서 새로 건립할 IBC 건물에 조흥은행이 입점하도록 분위기를 조성해야겠다고 본점에 건의했다. 본점도 방송국의 중요성을 익히 알고 있던 터라 쉽게 승인이 났다.

KBS 경리부에 찾아가 설명하니 즉각적으로 대찬성이었다. 실무 방법에 있어서 대출 원리금을 매달 월급에서 우선으로 자동지급한다는 융자 각서를 제출해야 하는데, 대출 당사자가 직접 경리부 확인을 받아야 한다는 조건이었다.

경리부로서는 우선 직원들에게 융자 혜택의 명분이 있어서 좋고, 상대적으로 엘리트 의식이 강한 보도본부, 기획관리실, 비서실 등의 직원들도 융자 각서를 받으러 와서 고개를 숙여야 하니 경리부 직원들 체면을 살릴 수 있어서 좋고, 은행으로서는 채권회수의 안전장치가 되니 그야말로 누이 좋고 매부 좋은 조건이었다.

창구 마찰이 없도록 우리 팀원들을 철저히 교육하고, 지점에 건의해 우수한 창구직원을 배정받았다. 그러자 KBS 직원들의 조흥은행 출장소에 대한 호감도가 급격히 좋아지기 시작했다. 창구 담당자들의 친절도도 소문이 나서 후일 본점에 우수한 여직원이 필요할 때는 KBS 출장소에서 발탁해 가는 경우까지 발생했다.

이런 적극적인 자세로 근무하자 출장소의 하루 업무를 마치고 지점에 가서 현금 인계가 끝나면 곧바로 퇴근하라는 지점장님의 배려와 차장들의 동의가 있었다.

나로서는 자기계발의 좋은 기회였다. 여의도에서 가까운 대방역 앞에 있는 방송통신대 회관이나 사설 독서실에서 밤 10시까지 공부를 계속했다.

그러다가 좋은 소식이 많이 들려왔다. 조흥은행 각 지점 창구에 탤런트와 가수 등 유명방송인들의 얼굴이 자주 나타난다는 것이었다. 출장소에서 KBS 경리부와 함께 연구해 출연진들의 출연료도 조흥은행 계좌를 통해 지출하는 시스템을 구축했는데, 그 효과가 나타난 것이다.

경리부를 통해 그만큼 크게 민심을 얻었으니 이제 IBC의 새 건물에 조흥은행 지점이 들어가는 데에는 의문에 여지가 없다는 자신감이 생겼다.

그런데 부임 후 반년이 지나도록 내 출장소장 교체를 안 해주는 것이었다. 그러던 어느 날 호출을 받고 들어가니 지점장님이 하소연하셨다.

"김 대리, 미안하지만 KBS에서 좀 더 고생해 주어야겠어. KBS 측에서 요청하는 것이니 어쩔 수 없잖아."

예, 알겠습니다. 열심히 하겠습니다.

그 사이에 경리부와 나 사이가 아주 찰떡궁합 밀월 관계가 된 것이다. 경리부 책임자와 신뢰를 굳히게 되니 차 한잔 마시면서 대화하다가도 은연중에 자금의 흐름을 알 수 있었다. 언제 얼마의 자금 여유가 있는지 감을 잡을 수 있게 된 것이다.

이 정보를 내가 월권해서 이용하지 않고 지점에 보고하면 지점장이 직접 KBS를 방문해 도와 달라고 했고, 그러면 거액을 예금해 주었다.

점점 친교의 범위를 넓혀 방송 프로에도 조흥은행 직원이 고정 출연하게 해서 은행 홍보에도 크게 도움이 되었다. 이렇게 KBS와 사이가 아주 밀접해지자 출장소장 부임 1년 반이 지났는데도 교체 발령이 나지 않았다.

1조 원 법원 공탁금 흔드는 대형 사건 해결

그러던 중에 은행 이미지에 절대적 영향을 미칠 수 있는 사건이 터졌다. 조흥은행이 서슬 퍼런 전두환 정권의 국정 운영 방침을 거스르는 모양새가 되어 구설수에 빠질 위기에 처한 것이다.

당시 정부는 사회정화 차원에서 모든 국가적 부조리를 일체 제거하겠다는 강력한 드라이브를 걸고 있었다. KBS 메인뉴스인 밤 9시 뉴스는 '땡전뉴스'라는 소리를 들을 만큼 전두환 대통령의 국정 업적 홍보에 대대적으로 치중했다.

그런 판에 한 제보자가 조흥은행이 관리하는 법원 공탁금 업무에 문제가 있다고 KBS에 진정을 낸 것이다. 당시 조흥은행은 법원행정처와 공동으로 공탁 사무 전산화 프로그램 개발에 참여한 공로로 법원 공탁금 관리은행으로 지정되어 1조 원대 이상을 관리하고 있었다.

법원 공탁금은 민·형사 사건에서 당사자 간에 원하는 배상금이나 합의금 액수에 차이가 있어서 채권자 또는 피해자가 합의금 받기를 거절할 경우, 사건이 해결되어 금액이 확정될 때까지 법원에 맡겨두는 돈이다.

이 돈을 관리하게 되면 은행은 별다른 노력 없이 큰 재원을 마련할 수 있고, 이자율이 낮아서 큰 수익을 올리게 된다. 당시 조흥은행은 사병 급여계좌도 독점하다시피 하고 있었다. 당시는 이처럼 은행마다 바깥에는 잘 알려지지 않은 굵직한 자금 공급원, 즉 돈줄이 있었다.

방송기자의 심층 취재를 통해 법원 공탁금을 은행의 편의대로 취급하는 것은 문제가 있다는 뉴스가 KBS 밤 9시 메인뉴스에 터져 나오면 사회적 파장이 막대하리라는 것은 불을 보듯 뻔한 일이었다.

게다가 만에 하나 정치적 관점에 따라 은행에 불리한 조치가 취해지게 된다면 직접적인 피해는 물론 관계기관인 대법원과의 유대에서도 큰 불협화음이 생길 수 있었다. 전국적으로 지방 법원이 있는 곳은 전부 영향을 받게 된다.

또 담당 기자가 은행 입장을 면밀하게 조사한 후 정확하게 판단해서 방송하면 다행이지만, 진정을 낸 제보자의 어떤 불순한 의도에 넘어가거나 어느 쪽의 편파적인 설명만 듣고 일방적으로 문제 제기만 해버리면 대외 이미지에도 큰 타격을 줄 수 있었다. 그러니 은행으로서는 절대 일어나서는 안 될 절체절명의 중대한 사안이었다.

사실상 공탁금 처리는 법원의 대행업무로 주요사항은 전부 대법원의 결정에 따르며 은행이 마음대로 할 수 없는 일이었다. 그러니 조흥은행으로서는 불법이나 부조리한 일이 아니었다.

당시 대법원 거래를 맡은 덕수지점 차원에서는 해결하기 어려운 일이라 본점에 보고되었고, 본점에서는 KBS 출장소장인 나에게 해결의 길을 찾으라는 특명을 내렸다.

방송국 내부 상황을 파악해보니 담당 기자의 동의가 없으면 방송을 취소

할 수 없는데, 이미 골든타임인 저녁 9시 뉴스에 방송 편성이 잡혔다고 했다.

본점에서는 큰 소용돌이에 빠졌다. 만일 청와대 주인께서 이 프로를 시청한다면 가공할 일이 벌어지지 않겠는가! 본점의 담당 상무가 급히 KBS를 찾아오셨으나 보도본부에는 접근조차 할 수 없었다. 식당에서 초조하게 기다리며 마냥 줄담배만 태우다 허탈하게 본점으로 돌아가셨다. 본점에서는 전 임원진이 퇴근하지 못하고 심야까지 대기하고 있었다.

KBS 출장소장인 나도 보도본부 접촉은 완전히 차단되었다. 고민 끝에 경리부를 찾아가 사정을 설명했으나 상황이 녹록지 않다는 것이 직감되었다.

그런데 한 시간 후 연락이 왔다. 은행이 직접 보도본부를 상대해서는 해결하기가 불가능하니 기관 대 기관의 협력 사안으로 처리해서 경영관리 본부를 통해 사장에게 보고하고 문제를 해결하자는 제안이었다. 고맙게도 사안이 중대하고 시급하다고 생각한 경리부 측에서 신속히 대응해준 것이다.

좀 더 상세하게 내용을 설명하자면, KBS가 오늘날 여의도에서 이렇게 크게 발전할 수 있었던 것은 이전에 남산에서 이곳으로 이전할 때 조흥은행에서 자금을 지원받는 신세를 졌기 때문인데, KBS가 이 점을 잊어서는 안 된다는 명분을 앞세워 밀고 나가자는 논리였다. 설득력이 있어 보였다.

경리부가 이처럼 큰 성의를 가지고 움직여 준 데 대해 감사할 따름이었다. KBS 경리부가 그동안 조흥은행 출장소와 이토록 친밀해졌다는 것이 놀랍기만 했다.

다시 연락이 왔다. 그래도 방송 취소는 안 된다는 것이었다. 대신 밤 12시 마감 뉴스로 시간을 늦추어 방송하는 것으로 해보겠다고 했다. 본점에 보고하니 부정적이었다.

그래서 다시 사정한 결과 다음 날 새벽 5시 뉴스에 나가는 것으로 조정해 보자고 했다. 그런데 이 제안도 본점에서 받아들이기 어렵다고 했다. 새벽 5

시에 KBS 뉴스를 보는 시청자가 얼마나 된다고?

다시 급하게 연락이 오고 갔다. 그러다가 경리부와 머리를 맞대고 고심에 고심을 거듭한 끝에 기발한 아이디어가 떠올랐다.

법원 공탁금은 조흥은행이 아닌 다른 은행에서도 취급하니 방송화면에는 조흥은행 하나만 내보낼 게 아니라 여러 은행 간판을 내보내면 어떠냐고 제안했다. 그러자 그 이상은 어떻게 해볼 수 없으니 그것으로 최종 협의를 끝내자고 했다.

우여곡절 끝에 본점에서도 수용해 겨우 일단락 지었다. 만일 일이 틀어졌다면 그야말로 메가톤급 파장이 올 것은 지극히 당연한 일이었다.

피 말리는 시간이 흐르고 시계를 보니 밤 10시에 가까웠다. 퇴근길 여의도 섬 동네에 불어대는 거센 찬바람이 훈훈하게만 느껴졌다. 야호, 기분 좋은 밤이다!

비록 작은 규모의 출장소장이지만 평소 은행발전을 위해 사명감을 가지고 업무에 임하면서 진심으로 소통하는 인간관계를 형성해 놓았던 탓에 이런 공헌을 하게 되었다는 자부심으로 가슴이 뿌듯했다.

돌이켜 보면 당시 KBS 출장소는 소장 1명과 일반 행원 3명으로 구성되었고, 상설 점포도 아니어서 매일 여의도 지점에서 현금과 증서 및 도장을 지참하고 출퇴근하는 초미니 점포였지만 장차 은행에서 성장할 수 있는 계기가 된 고마운 점포였다.

그토록 가기 힘들다는 도쿄지점으로 간다

그때는 여의도지점에 근무하면서 나 다음으로 KBS 출장소장으로 가기로 되어있던 후배조차도 기다리다 못해 다른 곳으로 전출해 가고 없었다. 그래도 이번에는 틀림없이 인사 발령이 나겠지 하고 기다리는데, 어느 날 전화가 걸려왔다.

"여의도에 새로 부임할 지점장인데, 인사부에서 말을 많이 들었네. 내가 부임하고 KBS 업무를 파악할 때까지 6개월 정도만 더 고생해 주게. 후에 김소장 의견을 적극적으로 반영하도록 하겠네."

예, 알겠습니다. 잘하겠습니다. 그리고 열심히 근무했다.

그로부터 6개월 후인 1986년 12월, 전화하셨던 그 지점장님께 말씀드렸다.

"저 도쿄지점에서 일해 보고 싶습니다."

"뭐라고? 그건 네 능력 밖이야. 대신 차장 승격을 생각해 보면 어떨까?"

이때 차장으로 승격해도 입행 동기들보다 1년을 앞서가는 진급이었다.

집에 와서 아내와 상의해 보았다.

"차장은 언제라도 될 테니 그토록 당신이 원하는 도쿄지점으로 가면 어떨까요?"

다시 지점장에게 내 의견을 피력했다.

"인사부에 저의 희망을 알려만 주시면 고맙겠습니다."

"나는 결과에 책임지기 어려워."

지점장의 대답이었다. 예 명심하겠습니다.

그러더니 며칠이 지나 인사부에서 연락이 왔다고 지점장이 나를 불렀다.

"해외지점은 외환이 주 업무인데 외환 경력이 없어서 곤란하다는데……."

"지점장님, 저는 해외에서 외환 연수를 했고, 은행 통신 연수도 했습니다. 지금까지 영어와 외환을 계속 공부해 왔으니, 연수과 기록을 참조하시면 좋겠습니다. 이미 이론적인 배경은 갖추었습니다."

그 전에 광주지점 대리 시절 모시던 지점장께서 광주은행 전무로 발탁되어 가신 후 한 번 부르시더니 '광주은행으로 올 의사가 없느냐'는 말씀을 꺼내셨다.

"열심히 하면 후일 신설한다는 뉴욕이나 도쿄지점에서 일할 수 있게 해 주시겠습니까?"

"그건 전무인 나도 장담하지 못할 일일세."

은행장 다음 서열인 전무가 그렇게 말씀하실 만큼 당시 은행의 해외지점 근무는 어려운 일이었다. 그런데도 나는 꿈을 버리지 않았다.

여의도지점 지점장님께 부탁드리고 한 달쯤 지난 후 인사 발령이 발표되었다.

'도쿄지점 대리 김용문.'

직원 4명의 초미니 점포에서 일약 꿈에 그리던 도쿄지점으로 발령을 받은 것이다. 가슴 뛰는 벅찬 심정을 억누르기가 버거웠다. 눈시울이 뜨거워졌다.

'그래! 이토록 좋은 기회를 준 조흥은행을 위해 열심히 해보자. 해외지점 파견 규정 1, 4항을 충족했구나!'

지금은 퇴직하고 적지 않은 세월이 흘러 기억이 확실치 않으나 당시 은행의 해외지점 파견 선발 인사규정은 아래와 같았다. 얼마나 관심이 컸으면 지금까지도 기억할까.

1. 해당 언어 국가에서 은행연수를 마친 자.

2. 해당 언어 국가에서 정규 대학을 졸업한 자.

3. 해당 언어 국가에서 출생해 생활한 자.

4. 은행발전에 공이 있다고 행장이 특별히 인정한 자.

나는 이 규정에서 1번보다 4번에 더 큰 자부심을 느꼈다.

후일담이지만 내가 도쿄지점을 희망했을 때 인사부에서는 거절할 명분을 공식적으로는 내놓을 수 없었다고 한다. '쫄 고졸' 출신이라는 점이 결격사유라는 규정은 공식적으로는 존재할 수 없었으니까.

결국은 여의도지점으로 복귀하지 못한 채 도쿄지점으로 가게 되었다. 나는 행장님을 모시고 근무한 적은 없었으나 행장님께서는 KBS 출장소에 김용문이 근무한다는 것을 기억하신 것 같았다. 그러니까 인사 발령 안에 결제하셨을 것이다.

규모 1조 원가량의 법원 공탁금 거래가 휘청할 뻔했던 절박한 위기를 넘길 수 있었으니까. KBS 점포는 예금 유치 못지않게 은행 홍보와 중요한 국내 정보 수집 및 유명 인사들의 출입이 많은 전략적 점포다.

'쫄 고졸' 출신에 지방 근무 경력이 대부분인 시골뜨기가 당시 해외점포 중에서도 제일 발령받기 어렵다는 도쿄지점으로 발령받고, 출국 전 인사부장과 국제부장이 해외발령자 전원에게 베풀어 준 송별연에 참석했다.

나는 술을 많이 못 마시는데 출국자에게 돌아오는 술잔은 꽤 많아서 얼굴에 홍조가 짙어지고 취기도 역력했다. 그때 갑자기 인사부장님께서 한 말씀 하셨다.

“김용문! 해외 가려고 누구 빽 썼냐?”

순간 차렷 자세로 일어서자 술이 확 깨고 자리에는 긴장감이 돌았다.

“부장님께서 배려해 주셨으니 열심히 소임을 다하고 돌아오겠습니다!”

내 딴에는 그럴듯한 말씀을 드리려고 애를 썼으나 너무 생뚱맞은 대답을 한 것 같아서 아직도 기억에 생생하다. 그러자 부장님이 웃으며 말씀하셨다.

“그래, 그렇지 않아도 이번 전국 점포 노조 대의원회의 때 고졸 행원들을 차별한다는 발언이 있어서 내가 그랬어요. 김용문 대리 같이 열심히 하고 자기계발에 소홀하지 않으면 얼마든지 해외 근무 기회가 주어진다고.”

제 2 장

일본을 배우고 친교를 넓히다

일본 4년 7개월, 최장기 해외 근무 기록

해외지점 발령은 대체로 격려 인사 성격이 커서 본점 비서실, 기획부, 국제부, 외국영업부 등 핵심부서 근무자들과 서울 시내 중심지 대형지점 근무자들이 주로 많이 가고, 명문대학 출신이 아니면 가기 어려웠다. 나 같이 소형 시골 점포 출신은 아주 드물고, '쫄 고졸' 출신은 거의 없었다.

또 해외지점 근무는 희망하는 직원이 넘치기 때문에 근무 기간이 2~3년을 넘지 못했다. 그런데 나는 87년 3월 도쿄지점에 부임해 91년 10월 말일 오사카지점에서 귀국했으니 해외 국가인 일본에서 4년 7개월을 근무하는 최장기 기록을 세웠다.

도쿄지점은 황궁에 가까운 히비야 대로변 제너럴석유 빌딩 1층, 샐러리맨의 유동 인구가 많은 지하철 신바시역 가까운 곳에 당당히 자리 잡고 있었다. 영업장은 한국 내 지점들과 비슷한 구조였다.

수익원은 외국환 수출입과 대출업무, 기타 개인 예금 업무였다. 특이한 업무로는 '코레스'라는 것이 있어서 현지 일본 은행의 선진화 금융업무 조사, 대

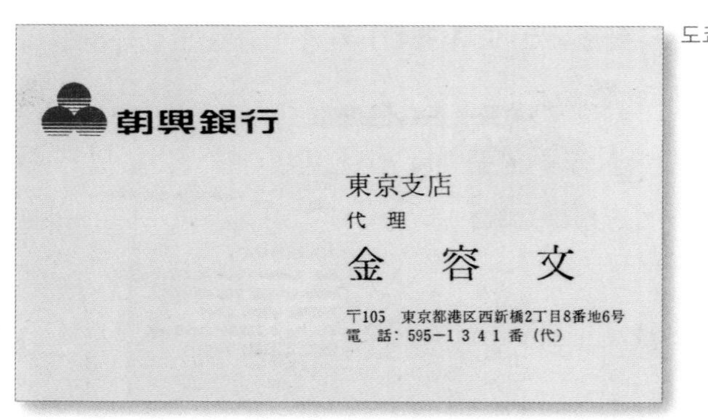

도쿄지점 근무 때 명함

정부 관련 기관 접촉, 본국 직원들의 연수와 방문 협조 업무였다.

코레스 업무를 맡은 담당자는 언어 구사 능력이 뛰어나고 친화력이 필요했다. 나는 처음 부임해 3개월 동안 예금 출납 업무를 마치고 수출 외국환을 담당하면서, 부수적으로 코레스 업무를 배우기 시작했다. 나를 후임자로 만들기 위해 사전 연습을 시키는 것으로 생각되었다.

주말이면 가족이 함께 교회에 다녔다. 보통 한국에서 온 직원들은 거의 한국인 교회에 나갔으나 나는 현지 적응 능력을 기르기 위해 일본인 교회에 나가 일본인들과 유대관계를 키워나갔다.

3월 말 도쿄에 부임했는데, 절대 온도는 서울보다 높아도 습기가 많아 으스스했다. 아들은 초등학교 3학년으로 전학했다. 3월 말이면 아직 추운데도 일본 학생들은 하체가 건강해야 한다며 전부 반바지를 입고 있었다.

아들은 한국에서 그런 경험이 없었기 때문에 힘들어해서 적응될 때까지 한 달간 긴바지를 입는 특혜를 받았다. 한 달 후 겨우 적응이 되었으나 더 연장해달라고 하니 학교에서 안 된다고 딱 잘랐다.

아들이 말을 빨리 배우게 하려고 게임 소프트를 사주고, 반 아이들을 집으로 초대해 놀게 했다. 아들은 일본 아이들과 어울리자 말이 빨리 늘었다.

그때 집에 초대한 일본 초등학생들은 오후 3시가 되면 어김없이 간식을 달라고 했던 것이 기억에 남는다.

그런데 아내와 딸이 한국식으로 양푼에다 밥을 비벼 먹는 것을 일본 아이들이 보고는 눈이 휘둥그레했다. 다음 날 교실에서 아이들이 떠들더라고 했다.

"한국 사람은 일본 씨름 선수보다 밥을 많이 먹는데, 희한하게도 살은 안 찐단다."

딸은 한국인 중학교 1학년에 자리가 있어서 쉽게 전학이 이루어졌으나 아들은 초등학교 3학년인데 자리가 없어서 부득이하게 일본 아이들이 다니는 와세다 초등학교 3학년에 전학했다.

개교 이래 한국인 학생은 처음이라면서 학교 측의 많은 관심과 배려가 있었다. 아들이 일본어가 전혀 안 되어 나는 연락 노트를 이용해 매일 담임선생님과 대화했다.

그런데 하루는 느닷없이 한글에 대한 질문이 있어서 의아하게 생각되어 왜 그러시는지 물어보았다.

"선생과 학생은 원활한 대화가 필수적인데 불가능하니 학생 혼자 일본어를 습득하기보다 선생도 한글을 배워 양쪽이 서로 노력하면 더 빨리 소통이 이루어질 수 있을 것이므로 지금 한글을 배우는 중입니다."

아이고! 아들을 위해 이렇게까지 헌신적으로 노력하는 선생님께 놀라운 감탄과 함께 존경심이 깊어졌다. 그래서 지금도 선생님 성함을 잊지 못한다. 카라하시 교코, 당시 30세가량의 여선생님이셨다. 참으로 선생님다운 스승상을 본 것 같아 지금 생각해도 고맙기 그지없다.

일본어 서툰 아내 돕느라 요리에 입문

당시 한국에서 마트에 가면 간장 종류가 불과 4~5가지에 지나지 않았다. 그런데 일본에 가서 처음에 일본어에 서툰 아내를 도우러 마트에 따라가 보니 간장이 20여 가지 정도나 되었다.

맛이 진한 것, 순한 것, 회 간장, 육류 조림 간장, 샐러드 소스 간장, 심지어 카레용 매운 간장, 달걀 비빔밥용 간장 등 그야말로 간장 천국이었다. 그들은 면을 좋아하는데, 면류도 종류가 다양했다.

종류가 많으니 하나하나 읽어보며 사야 하는데, 아내는 아직 일본 말과 글에 숙달되지 못해 의도 대로 상품을 사기도 어렵고, 사 와서도 조리법을 제대로 읽을 수 없어 음식 만들기가 쉽지 않았다. 볶을 것을 튀기고 튀길 것을 볶기도 하니 할 수 없이 내가 나설 수밖에 없었다.

이때부터 요리법을 제대로 읽고 시범을 보이려고 부엌을 들락이기 시작한 것이 요리를 이해하고 친근하게 여기는 계기가 되었다. 그런데 한번 해보니 요리라는 것이 인생에서 참 소중하고 고귀한 것으로 다가오는 것이었다.

남녀를 떠나 요리 잘하는 분은 아무리 존경해도 지나치지 않을 것 같았다.

보통 가정에서는 아침에 남편이 출근할 때 아내가 아이들 용돈이 필요하니 잔돈 있으면 얼마 달라고 한다. 이럴 때는 나도 아무 생각 없이 주곤 했다.

그런데 도쿄에 처음 갔을 때 아내가 아침마다 잔돈을 내놓으며 고액권과 바꾸자고 했다. 왜 그러지? 집에서까지도 은행 환전 업무를 하는 거야? 이상하게 여겼는데 하루는 아내와 함께 마트에 갔다가 우연히 보고, 옳거니, 그 이유를 알았다.

일본어가 서툴러 마트에서 쇼핑하고 나면 계산원이 말하는 대금 액수를 못 알아듣는 것이었다. 그러니 무조건 금액이 제일 큰 고액권을 내밀고 거스름돈을 받아오는 것이었다. 하하, 머리 좋다. 당시는 요즘 같은 디지털 액정으로 하는 금액 표시기능이 없었다.

'코리안 항상 웰컴' 외치는 일본식당 지배인

도쿄에서는 은행 일과가 끝나고 직원들끼리 간단한 회식이라도 하려면 대중음식점에 가더라도 반드시 사전 예약을 해야 한다. 그런데 이상한 일은 우리가 예약하면 자리가 없을 때가 없었다는 점이다.

일본 직장인들은 10여 명이 가도 소주 2병이면 족하다. 소주에다 찬물이나 더운물을 섞어 마셨다. 우리네는 10명이면 최소 소주 10병이었다. 술을 많이 마시니 안주를 많이 먹는 것도 당연한 일이었다. 우리는 주로 '완샷'을 하지만 그들은 입안에서 천천히 음미하면서 넘겼다.

일본인들은 간단히 먹고 나가면서 자기네들끼리 옆구리 찌르며 우리 테이블을 한번 보라고 신호를 했다. 테이블 위에 소주병이 1인당 한 병 이상인 것을 보면서 일본어로 '쯔요이'를 연발하는 것이었다. 술이 세다는 표현이다.

한국인 한 테이블이 일본인 다섯 테이블 정도 매상을 올려주니 식당 지배인은 너무도 좋아했다. 따라서 어느 때나 '코리안 웰컴 애니타임!'을 외치는 것이었다.

도쿄 부임 후 몇 달 지나지 않아 진도 5.5 정도의 지진이 있었다. 우리 가족은 한국에서 지진을 경험한 적이 없어서 크게 공포감을 느꼈다. 그 지진은 일반적인 지진처럼 옆으로 흔들리는 것이 아니고 상하로 흔들리는 드문 지진이라 공포감이 훨씬 컸다.

그날 저녁 퇴근해서 집에 들어가니 가족 셋이 현관 앞에 앉아 있었다. 놀라서 물어보니 집이 무너질 것 같아 무서워서 집 안으로 들어가지 못하고 거기 모여 있다는 것이었다.

그날 혹시 거래처와 식사라도 하고 늦게 귀가했으면 가족이 모두 밖에서 떨고 있었을 뻔했다. 일본은 지진에 대비한 훈련이 잘 되어있어서 진도 7까지는 안전하다는 내 말을 듣고서야 안도하는 모습이었다.

그러나 초등학교 3학년이던 아들 녀석은 조금만 흔들려도 무서워하면서 그날 밤 내 곁에 딱 붙어 잠을 청했다. 그러다가 시간이 지나자 지진이 와도 파도에 흔들리는 여객선 타는 기분이라며 여유를 부릴 정도가 되었다.

처음 가는 오사카, 6개월 만에 지점 개설

88올림픽을 앞두고 전두환 정부에서 대통령 특명으로 88년 6월 말까지 재일교포가 많이 거주하는 오사카에 은행지점을 개설하라는 지시를 내렸다.

87년 12월, 오사카지점 개설준비위원 발령을 받고 생전 처음 가보는 오사카로 혼자 부임해서 점포지 물색, 점포 내부공사, 직원 사택 물색, 현지직원 채용 등 초기작업을 시작했다. 한국에서 부임하는 책임자들은 선발 3명을 제외하곤 모두 3개월 후에 부임했다

그런데 해외지점 발령에는 부임 규정이 있어서 부임 기간과 여비, 사택 등에 그 규정을 적용하게 된다. 내가 도쿄지점에서 오사카지점으로 발령 난 것은 조흥은행으로서는 해외지점 근무 중에 다른 해외지점으로 가는 첫 번째 경우여서 당시에는 그에 관한 규정이 없었다.

규정을 새로 제정하려면 최소한 몇 개월은 필요한데, 시일이 촉박해 그때까지 기다릴 수가 없으니 내가 현지에서 집행한 내용이 바로 규정이 되는 선례를 남겼다.

통상 선진국은 문화가 다르고 돈으로 해결할 수 없는 것이 많아 명분이 없으면 해결 불가능한 사안이 허다했다. 그런데 그때까지 은행에는 서무직책은 있으나 총무직책은 없었다.

내 담당 업무는 원래 수입과 외환이었는데, 오사카지점 개설 때는 지점 개점에 필요한 모든 분야에서 문제가 발생하면 맡아서 처리하는 해결사 역할을 했다.

심지어 언어 때문에 직원 가족들의 병원, 학교 등 개인 상담도 해결했으나 개인적 보안은 철저히 유지했다. 아마도 비공식이겠지만 총무직을 수행한 직원은 내가 조흥은행 역사상 처음이 아닐까 생각된다.

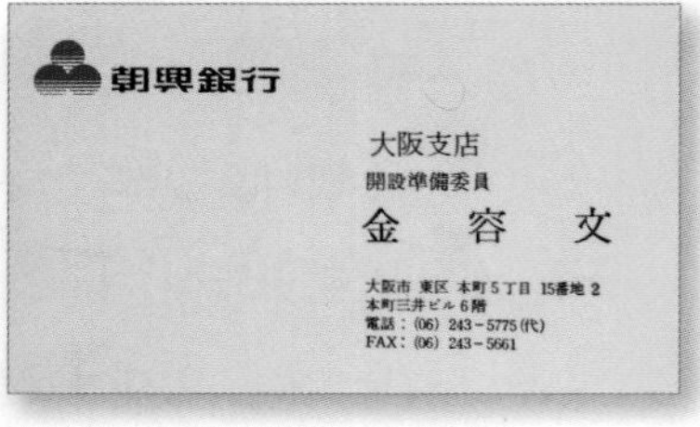

오사카지점 개설준비위원 명함(위)
오사카지점 직원과 간담회(왼쪽)
오사카지점 개설 때 오신 김영석
은행장이 사령장을 주셨다.(왼쪽 아래)

덕분에 일본 사회를 이해하고 적응하는 데 큰 밑거름이 되었다. 특히 언어 능력이 급성장해서 귀국 후 한국에 진출한 일본 대기업 간부들과 접촉하는 실력을 닦은, 커다란 자산이 되었다.

오사카에 가서 직원들 사택을 구하는데, 외국인에게는 집을 임대하지 않는다고 했다. 후에 알고 보니 한국인들에게 집을 내주면 김치나 불고기 냄새가 나고 친구들을 불러와 시끄럽게 해서 거절한다는 것이었다.

그래서 집주인들을 일일이 찾아다니며 우리 임직원들은 그러지 않겠다고 확실하게 약속해야 했다.

어느 날 오사카 유력 일간지에 직원채용 광고를 의뢰했다.

'한국에서 제일 오랜 역사를 지닌 조흥은행 오사카지점에서 근무할 직원을 찾습니다.'

이런 문구로 광고 게재를 요청했더니 며칠 후 신문사에서 연락이 왔다. 조흥은행이 한국에서 제일 역사가 깊다는 사실을 확인해 달라는 것이었다. 그

전 직원이 참석한 오사카지점 개설 파티, 뒷줄 오른쪽에서 여섯 번째가 저자.

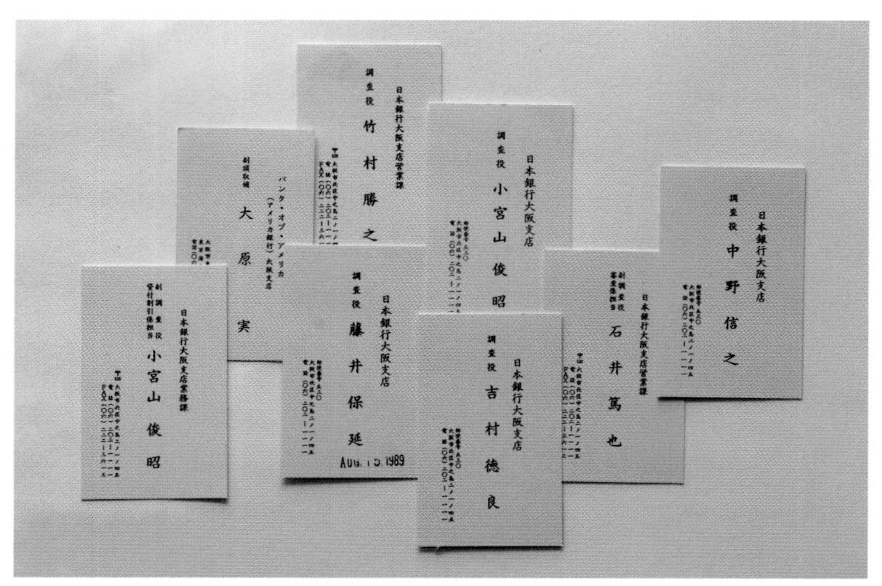

오사카지점 개설하면서 만나 교류한 일본은행 고위층들의 명함

것도 공신력 있는 대사관이나 정부 확인을 받아 달라고 했다.

그럴 만한 시간적 여유가 없어서 역사가 깊다는 문구를 빼달라고 했다. 광고에까지 신뢰를 지키려는 일본언론의 노력이 대단하다는 인상을 받았다.

국내에서도 은행지점을 개설하려면 최소한 1년은 소요되는데 해외점포를 거의 6개월 만에 개설한다는 것은 거의 불가능한 일이었다. 그러나 죽을 힘을 다해 다행히 해낼 수 있었다.

지점 개점 후 일본의 중앙은행인 일본은행 오사카지점이나 기타 관계기관에 개점 인사를 하러 방문하면 불과 6개월 만에 지점을 개설하는 것은 도저히 할 수 없는 일인데 그 일을 해냈다고 칭찬하는 말을 많이 들었다.

일본 행정부 중에서 법무성과 대장성은 대단히 권위적이며 보수성향이 강한 엘리트 집단이다. 중앙은행인 일본은행 또한 마찬가지다. 지점 개점 때 이

오사카지점 근무 때 벚꽃 만개한 휴일에 아내와 함께

런 곳들을 출입하며 한국의 경제 상황과 오사카지점의 영업방침 등에 관한 질문에 충실히 대처하려고 노력을 많이 했다.

그들과 접촉할 때는 품위 있는 언어 구사와 세련된 매너가 필요해서 누구나 쉽게 감당할 수 있는 업무는 아니었다. 본래 내 담당도 아니었으나 개점준비 총무라는 사명으로 올라운드 플레이어 정신을 발휘한 것이다.

오사카지점 개점 때 환영식에 오신 김영석 행장님은 10년간 오사카 사무실을 열어온 한국의 다른 은행보다 조흥은행이 훨씬 개점을 잘 했다는 현지 실업인들의 호평을 들으셨다. 행장님은 본점 중역 회의 때 이런 현지 여론을 소개하시며, 오사카지점의 요청사항을 적극적으로 수용하라고 특별히 지시하셨다.

그때 행장님은 다른 일정을 취소하고 현지 책임자들에게 만찬을 베푸시며 나에게 술을 많이 권하셨다. 술이 약한 나는 곧 인사불성이 되고 말았는데, 행장님은 나중에까지 이것을 기억하고 계셨다.

IMF 사태가 시작된 1998년 6월, 조흥은행 외자 유치 계획이 발표된 직후, 이미 퇴임하신 김영석 행장님이 서울 인터컨티넨탈 호텔에서 꼭 만나고 싶다고 연락을 주셨다. 그래서 가서 뵙자 이 말씀부터 하셨다.

"그때 오사카에서 취했던 술은 괜찮았지?"

내가 그날 큰 실수는 안 했는지 모르겠다. 나는 취하면 '형님' 소리를 잘하는데 행장님께도 '형님' 어쩌고 하면서 해롱대지나 않았는지, 얼굴이 뜨거워졌다. 그러나 행장님은 만면에 웃음을 띠면서 격려해주셨다.

"이번 조흥은행 투자 건을 김 소장이 추진한다니 믿음이 가네. 꼭 성공해서 조흥을 살려내야 하네. 내 소원일세."

당시 나는 미국 벤처 사업가 김종훈 회장을 만나 조흥은행 투자 건을 추진하고 있었다. 그 일에 깊은 관심을 가지고 격려의 뜻으로 함께 식사하자고 부르신 것이었다.

조흥은행 OB들의 은행을 향한 애정은 이처럼 퇴직 후에도 변함없이 각별하다.

"이런 것들이 모두 조흥은행의 오랜 역사 속에 쌓인 저력입니다."

그 무렵 조흥은행 투자 건을 추진하면서 김종훈 회장에게 내가 줄곧 강조하던 말이다.

통상적으로 지점을 개설하면 3년은 되어야 순이익을 창출하게 되는데, 오사카는 열심히 한 결과 개점 2년 만에 순이익을 달성했다. 그래서 나는 가벼운 마음으로 국내에 복귀할 수 있었다. 오사카지점 개설 과정은 힘들었으나 이 과정에서 얻은 소중한 경험들은 후일의 활동에 큰 밑거름이 되었다.

반도지점 가서 외환 수신 1위 달성하라

입행 후 애송이 행원 시절 꿈은 장차 지점장이 아니라 롯데호텔 2층에 있는 반도지점같이 붉은 양탄자가 깔린 점포에서 외국어를 하면서 외국인과 업무를 해보는 것이었다. 애송이 시절의 이 소박한 꿈은 후일 반도지점 차장, 부지점장을 하면서 달성되었다.

반도지점 차장으로 발령 날 때 은행이 나에게 준 임무는 1997년 100주년 창립일까지 외환 실적이 외환은행을 넘어서야 한다는 것이었다. 당시 다른 분야는 타 금융기관과 비교해 선두인데 외환 수신 실적만큼은 외국환 전문은행으로 출범한 외환은행을 따라가지 못했다.

모든 과목에 일등을 해서 명실공히 일등은행임을 알리겠다는 것이 은행 수뇌부의 목표였고, 그런 계획의 하나로 반도지점으로 발탁인사 발령을 받았다.

1945년 8월 15일, 대한민국이 해방되었을 때 서울에서 가장 높은 건물은 반도호텔이었다. 지금의 을지로 입구 롯데호텔 자리에 있었는데, 뒤에 그곳

1945년 8월 15일, 광복 때 서울에서 가장 높은 건물이었던 반도호텔

에 롯데호텔을 지으면서 사라졌다.

1938년, 일본 질소비료주식회사 대표 노구치 시다가후라는 사업가가 지었는데, 지하 1층, 지상 8층으로 111실 규모였다. 노구치가 이 호텔을 지은 이야기가 재미있다.

그 3년 전 그는 사업차 경성(서울)에 왔다가 숙박하려고 조선호텔에 갔는데, 허름한 옷차림 때문에 출입을 제지당하고 말았다. 그러자 곧바로 근처에 있는 2000여 평 땅을 사들여 4층인 조선호텔을 내려다볼 수 있는 8층짜리 호텔을 지었다는 것이다.

그런데 호기롭게 반도호텔을 짓고 운영하던 노구치는 1942년 1월, 호텔 811호에서 뇌출혈로 쓰러져 일본으로 이송되었으나 1주일 후 사망했다.

해방을 맞자 일본인이 운영하던 반도호텔은 미국 군정 관리 아래로 들어가 미군 고위 관료들의 숙소 겸 사무실로 사용되었다. 그러다가 1948년 8월 대한민국 정부 수립 후 한국 정부가 한미경제협정 체결에 감사하는 뜻으로 미국에 증여해, 미국 대사관으로 사용되었다.

6.25 전쟁 기간에는 미8군 서울지구 사령부로 이용되었고, 휴전협정이 체결되자 다시 한국에 넘겨주었다. 1962년 정부는 관광사업의 일원화로 국제관광공사를 발족하고 조선호텔과 반도호텔을 통합해 '반도조선호텔'로 이름을 바꾸었다. 그러나 얼마 가지 못해 민간기업으로 넘어가 이곳에 롯데호텔이 들어서게 되었다.

휴전협정 후 한국에 이관된 반도호텔에는 당시 한국 최대기업 삼성물산이 들어가 있었다고 한다. 이때 조흥은행이 호텔 안에 지점을 설치했는데, 정부와 임차사용을 맺고 임대차 계약서에 이승만 대통령이 직접 서명했다고 한다.

이런 상징성 높은 점포에 내가 외환 수신 실적 향상이라는 막중한 책임을 지고 특별 발령을 받아 부임한 것이다. 조흥은행 반도지점은 그 자리를 물려받은 롯데호텔 2층에 있었는데, 내가 부임할 당시는 바로 옆 건물인 프레지던트 호텔 안에 있었다.

이전의 국내 근무 때 외환 담당 경험이라곤 전혀 없는 내가 전체 시중은행 중에서 외환 취급 1호를 담당했던 점포에 투입되어, 100주년까지 외환 수신 실적 1위를 달성하라는 임무를 떠맡다니! 운명이 참 기구하다 해야 할까, 기이하다 해야 할까.

부임해서 어느 정도 시일이 지나 차분히 분석해보니 한국에 진출한 일본기업의 구심점은 단연 롯데그룹이었다. 당시 국내에 진출한 일본계 종합상사는 미국의 유서 깊은 경제 잡지 〈포춘〉이 선정한 세계 100대 기업 중에 5개 기업이 포진해있었다. 이토추, 미쓰비시, 스미토모, 마루베니, 미쓰이. 이 중에 이토추는 매출액 세계 1위에 올라 있었으니 참으로 막강했다.

이들 종합상사의 특징은 현지 법인이 아닌 지점형태로 운영되며, 대충 1개 상사의 연간 수출입액수가 20~30억 달러 정도라는 것이었다.

이런 분석을 바탕으로 섭외공략 경로는 '투 트랙'이라는 판단이 섰다. 첫째는 롯데그룹이고, 다음은 종합상사들이었다.

당시 한국에서 롯데그룹의 실질 관리 핵심은 내가 판단하기에 롯데호텔 부사장이었다. 일본인인데도 보신탕을 사양하지 않을 만큼 한국 문화에 거부감이 없는 사람이었다. 한국에 진출한 일본기업 책임자들의 친목 단체 리더가 바로 이 사람이었다.

당시 롯데그룹 신격호 회장은 두 달에 한 번씩 한국에 와서 그룹 경영을 점검하고, 조흥은행 행장님과도 호텔에서 일대일로 만났다. 롯데는 일본에서 거액의 외화를 일본계 은행을 통해 들여왔는데, 국내에서 주거래은행은 다른 시중은행으로 되어있었다.

첫 번째 목표는 롯데호텔 부사장을 만나는 것이었다. 인간관계는 무엇보다 먼저 만남으로부터 시작되니까.

어느 날 이분이 개인 송금을 하러 창구에 오셨다. 명함을 드리고 일본어로 인사하자 반가워하시며 대뜸 송금 등 실무적인 질문을 하셨다. 됐다, 이분이 궁금해하시는 제반 실무 지식을 일본어로 제공해드리면 되겠다!

얼마 후 전화가 걸려와 몇 가지를 물어보셨다. 전화로 답변해도 될 일이지만 직접 찾아뵙고 설명해드리겠다며 그분 사무실로 찾아갔다.

이렇게 해서 만남이 이루어졌고, 시일이 흐르자 친분이 생겼다. 친분이 생기자 자연스럽게 자금에 대한 실무적인 이야기가 나왔다. 시중은행 금리는? 예금 기간은?

엄청난 자금이 일본계 은행들의 서울지점으로 송금되어오는데, 일본계 은행들은 외환 자금 유입에 별로 매력을 느끼지 않았다. 그들 지점은 리테일뱅

킹, 즉 개인이나 소기업을 상대하는 소액 예금이나 융자, 송금 서비스 등의 소매 업무를 하지 않았기 때문이다. 그만큼 여유가 있었다.

그러나 한국의 시중 은행들은 예금실적에 목말라 있었다. 그러니 일본에서 오는 송금은 충분히 매력 있는 것이었다.

롯데호텔 부사장과 이런 관계를 이룩했으니 투 트랙 중 하나인 1단계 목표는 어느 정도 달성한 셈이었다.

일본 종합상사 묶어
외환 수신 5000억 원 달성

다음 2단계는 국내에 진출해 있는 일본의 여러 종합상사와 기업들을 어떻게 하나하나 접촉하느냐 하는 문제였다. 시일이 오래 걸릴 것 같았다. 그렇다면 어떻게 해야 하나? 옳지, 우리 반도지점 이강륭(李康隆) 지점장과 상의해 그분 본가를 이용해보자!

이강륭 지점장은 강릉의 유명한 문화재 '선교장(船橋莊)' 집안의 종손으로 후일 조흥은행 부행장과 행장 대행을 지내셨다.

선교장은 현존하는 국내 민가 주택 중 가장 큰 규모를 자랑하는 저택이다. 선교장이라는 명칭은 근처 경포호에 배다리를 놓아 건너다닌 데서 유래했다고 한다.

역사가 300년이 넘는데 효령대군의 11대손인 가선대부 이내번이 족제비 떼를 따라가다 명당자리를 발견하고 터를 잡았다고 한다. 1703년 최초로 건립된 안채의 주 건물을 시작으로 18~19세기에 계속 증축되어 영동 지역을 대표하는 대단한 저택이 되었다.

강릉 선교장 전경

조선 후기 관동팔경과 금강산을 유람하는 길목에 있어서 각지에서 가난한 풍류객들이 찾아와 묵었고, 선교장은 돈도 받지 않고 손님들을 환대해서 전국의 선비들이 모이는 교류의 장으로 유명했다.

선교장의 역대 주인들은 모두 손님들을 공짜로 먹이고 재우는 것을 당연한 일로 여겼다고 한다. 대문을 중심으로 일렬로 펼쳐진 행랑채만 해도 방이 20개로 100명 가까이 묵을 수 있다.

'열화당(悅話堂)'이라는 사랑채 이름이 말해 주듯 이 집 주인은 찾아오는 손님들과 이야기 나누기를 매우 좋아했다. 돈이나 권력이 아니라 세상을 살아가는 이야기를 듣는 것에 인생의 의미를 둔 것이다.

내부에 카페와 한식당이 있으며 한옥 숙박도 가능하고, 전통문화체험 프로그램도 마련되어있다. 2018년 평창 동계 올림픽을 유치할 때 이곳을 방문했던 IOC 위원들의 호평이 자자했다고 한다.

롯데호텔 부사장이 이끄는 일본 종합상사 한국대표들의 친목 모임을 이

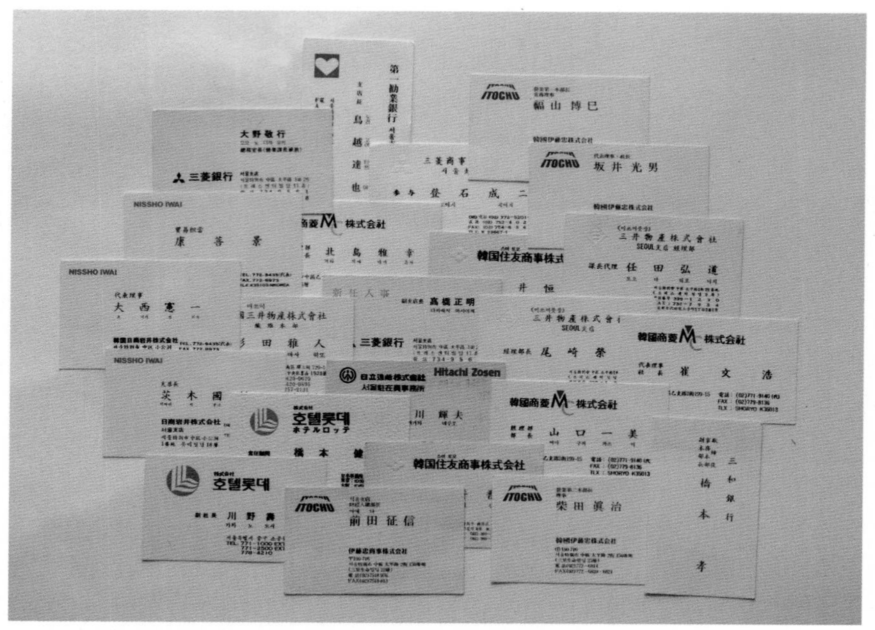

일본 종합상사 한국지사 및 일본 은행 지점 책임자들과 교류한 명함

곳으로 초청해, 한국의 옛 사대부들이 누리던 생생한 문화 체험의 기회를 만들자. 그들에게는 흔치 않은 매력이 될 것이 틀림없다!

롯데호텔 부사장에게 설명하니 당장 오케이, 매우 좋아하신다. 그분이 일본인 기업 친목 모임에서 취지를 설명하자 종합상사 대표와 핵심간부들, 일본계 은행 서울지점장들, 기업 대표들 등 25명 정도가 참석을 요청했다.

본점에 보고하고 경비 지원을 받아서 대형버스를 전세 내어 강릉 여행을 떠났다. 선교장을 구경하며 역사와 유래를 들은 다음 옛 사대부 식사를 맛보게 했다. 그리고 골프 라운딩을 하고 함께 목욕까지 하니, 한 큐에 국내에 진출한 일본기업들과 소통 채널이 생긴 것이다.

이를 계기로 열심히 기업체 방문을 시작했다. 이때 마침 국내기업들의 수

출경쟁력이 약화하기 시작해 정부는 타개책으로 수입이 많은 일본 종합상사에 대한 규제를 시작한다는 정보가 입수되었다. 한국에 진출한 종합상사는 현지 법인을 설립해야 하고, 설립 후 5년간은 수출만 가능하며 수입은 5년 후부터 가능하다는 것이었다.

지금까지 해오던 오퍼 형태에서 앞으로는 직접 수출입 업무를 해야 하는 그들에게는 자세한 외환 규정 습득이 절실했다. 드디어 기회가 온 것이다. 외환 규정을 일본어로 이해시키는 설명 서비스를 제공하기 시작했다. 질문이 오면 마다하지 않고 달려가 성심껏 응대했다.

주요 목표는 5대 종합상사였다. 때마침 미쓰비시가 대정부 세금 부과청구 소송에서 승소해, 정확한 액수는 기억이 희미하지만 약 27억 원 정도가 반도지점으로 입금되었다.

이때부터 조흥은행 반도지점으로 외환 거래 약속이 들어오자 나는 곧 부지점장으로 승급되었고, 이런 사실이 금융가의 화재 거리가 되었다. 〈매일경제〉 신문에 7단 기사가 큼지막하게 보도되었다.

'지점경영이 어려울 때, 지점의 국제화로 성공한 은행 점포'라는 제목이었다.

조흥은행 반도지점의 눈부신 활약이 금융계의 화제가 되고 있다. 반도지점은 지난 8월로 수신액 5000억 원을 넘어섰다. 불과 1년 만에 1500억 원의 수신증가를 기록했다.

하지만 반도지점이 금융권의 관심을 끌고 있는 것은 이 같은 계수 때문만은 아니다. 이른바 '지점의 국제화'라는 새로운 영역을 개발했다는 점에서 주목을 받는 것이다.

지난 2월 초, 여느 때처럼 출근과 동시에 조간신문을 집어 든 반도지점 김용문 부지점장은 자그마한 1단 기사를 주목했다. 국내에 진출해 있는 일본 종합상사들이 조만간 현지 법인으로 바뀔 것이라는 기사였다.

일본 도쿄와 오사카에서 4년 이상 근무한 경험을 지닌 김 부지점장은 본능적으로 '바로 이거다!'라며 책상을 쳤다. 일본에 있을 때 지점과 현지 법인의 차이를 귀가 닳도록 들어왔던 그였다.

김 부지점장은 곧바로 이강륭 지점장실로 뛰쳐들어가 상황을 설명했다. 그렇지 않아도 '대한민국 외환 취급 1호 점포'의 명성을 되살릴 방법을 찾고 있던 이 지점장은 새로운 사냥감을 만난 듯 즐거워했다.

하지만 일본상사에 대한 접근이 그렇게 쉬운 것은 아니었다. 기업문화가 원래 좀 폐쇄적인 데다가 현지법인화에 대한 구체적인 정보를 얻기가 거의 불가능했다.

여기서 일본통인 김 부지점장이 수완을 발휘하기 시작했다. (중략) 마침내 조흥은행 반도지점은 미쓰비시 한국 현지 법인의 거래은행으로 결정되었다. 국내에 들어와 있는 일본계 종합상사의 대부격인 미쓰비시를 확보함에 따라 나머지 상사들과 거래는 자연히 뒤를 잇게 되었다.

그때 마침 김영삼 정부의 통치 이념이 '세계화'였다. 국민은행 경제연구소에서 나를 찾아와 '은행지점의 세계화란 무엇인가?'라는 질문을 던졌다.

"국정의 범주에는 금융도 포함된다. 본점의 세계화는 해외에 진출해 있는 한국기업들이 원활한 활동을 할 수 있도록 금융서비스를 제공하는 것이고, 국내지점은 일본기업이나 개인이 서울에서 일본계 은행 서울지점이 아닌 조흥은행 지점을 거래하게 하는 것이 은행지점의 세계화다."

나는 생각하던 대로 설명했다.

일본 종합상사들에 대한 공략이 시작되자 특히 외환은행이 경쟁에 불을

반도지점 창립 40주년 기념 파티. 가운데 롯데호텔 부사장,
오른쪽 2번째 후일 31대 행장 취임한 장철훈 상무. 맨 오른쪽 이강륭 지점장, 맨 왼쪽 저자

붙여 쟁탈전이 격화되었다.

5대 종합상사 중에 미쓰이를 제외한 4대 상사가 조흥은행 반도지점에 호의를 보이고 수출입 외환 거래를 약속했다. 수출입 외환 거래가 이루어지면 일반 예금 거래는 부수적으로 따라온다.

미쓰이는 한일은행에서 빼앗기지 않으려고 사생결단으로 막고 있었다. 이러한 사실들이 거의 매일 외환업무부장을 거쳐 행장님께 보고되었다.

그런데 문제가 있었다. 외환 거래를 위해서는 신용한도가 있어야 하는데 이 한도가 책정되어 있지 않았다. 실제로 일본 종합상사는 국내 종합상사와 달리 재벌기업이라고는 하지만 한 개인의 총수지배가 아니라 주주들인 금융기관이나 투자법인들이 공동으로 지배하고 있어서 주요 종합상사의 파산은 일본 국가의 파산이나 다름없었다.

다행히 이런 내용을 잘 아는 본점이 쉽게 무역금융 한도를 높여주어서 종합상사 당 1000만 달러 한도를 제공하기 시작했다. 이 정도면 외환 실적을 올리는 데 큰 문제가 없었다.

이쯤 되자 반도지점 외화담당 부지점장을 떠날 수 있게 되었다. 그러나 계속해서 일본계 상사들의 사후 관리를 한다는 조건으로 롯데호텔출장소장으로 전출하게 되었다.

롯데호텔출장소장 부임 후 반도지점에서 예금계수 5000억 원 달성 축하식이 있었다. 이종연 행장님이 참석하셨고, 특히 일본계 상사 사람들과 일본계 은행 지점장 등 10여 명이 참석했다. 본점 창립기념식 날보다 많은 외국인 축하객이 참석해 반도지점의 국제화를 실감했다는 이야기가 들려왔다.

때마침 조흥은행과 거래를 약속한 일본 이토추 그룹 회장이 한일경제협력단장으로 있으면서 청와대 예방을 위해 방한했다. 이토추는 당시 〈포춘〉 지가 선정한 세계 100대 기업 중 매출액 1위를 차지했고, 박정희 대통령이 경제개발을 위해 이토추 회장에게 자문받은 일이 있었을 정도였다.

현지 법인인 이토추 코리아의 업무 브리핑에서 조흥은행이 무역 한도 1000만 달러를 제공했다는 설명을 듣고, 이토추 회장은 청와대 방문 후 다른 곳은 가지 않고 오로지 조흥은행만 방문하겠다고 발표했다. 이로써 조흥은행은 대통령의 국정 철학을 이행하는 은행으로 각인되는 계기가 되었다.

이토추 회장 방문 때 통역을 누가 담당할 것이냐? 의논 중에 이런 계기를 만든 장본인인 김용문 소장이 해야 한다는 이야기도 나왔으나 결국은 본점에서 했다. 당시는 행장님이 삼성그룹 회장도 만나기 어려울 때였는데, 세계 1위 기업 회장의 예방을 받는 은행이 된 것이다.

어릴 때 만난 롤모델, 내 인생 인도하다

롯데호텔출장소에 부임해 실적을 보니 예금계수 약 2300억 원을 보유한 중간급 지점 규모였다. 이때는 IMF 시작 2년 전이라 국내 외환 사정이 어렵고 예금 유치 경쟁도 대단히 치열했다.

고객 중에는 롯데호텔에 투숙한 일본인 관광객 등 외국인이 눈에 많이 띄었다. 그들이 입국 때 원화로 환전한 돈이 남아서 출국 때 다시 외화로 환전해 가는 것이 여러 번 목격되었다. 그래서 일본어와 영어로 안내문을 만들어 출장소 안팎에 게시했다.

'국내 금리가 높아서 재환전하면 손해 보십니다. 출국 때 재환전하지 말고 예금해서 통장에 넣어두면 이자도 붙고, 환전수수료 부담도 없으며, CD 카드를 발급받으면 국내 어느 지점에서든 찾으실 수 있습니다.'

안내문을 개시하자 외국인 예금이 눈에 띄게 증가했다. 이를 보고받은 행장님께서는 공항과 외국인 출입이 많은 점포에는 모두 외국어로 안내문을 게시하도록 지시하셨다.

그러므로 어느 점포든지 세심히 살펴보면 자기 점포만의 유력한 전략을 구사할 수 있다는 생각이 들었다. 모든 것은 의지의 문제였다.

사람들은 나에게 어떻게 해서 은행원의 로망인 지점장 꿈을 버리고 한창 잘나가던 점포에서 과감히 사표를 던지고 나갈 수 있었느냐고 물었다. 어떻게 1년 후에 닥칠 IMF를 일찍 예측할 수 있었느냐고도 물었다.

외화 유치 과정에서 서울에 주재하는 일본계 은행 지점장들이나 종합상사 대표들을 만나 대화하면서 국내기업들의 해외 경쟁력이 떨어진다는 것을 피부로 느끼게 되었고, 대기업의 경쟁력 약화는 결국 은행의 부실화로 이어질 수 있다는 불안감이 엄습해 오기 시작했기 때문이다.

조흥은행에 입행한 갓 초급행원 시절 소박한 꿈이 양탄자가 깔려있다는 반도지점에서 근무해 보는 것이었는데, 반도지점에서 부지점장을 했다. 마음 한편으로는 꿈을 달성했으니 이제는 떠나도 된다는 생각이 들기도 했다.

내가 만일 그때 퇴직하지 않았다면 바로 1년 후 찾아온 IMF 때 직장을 잃게 되는 비운을 맞았을 것이 틀림없다. 또 퇴직 후 김종훈 회장 같은 분을 만나지 못했다면 조흥은행에 10억 달러 투자 유치 협상은 꿈도 꾸지 못했을 것이다. 참으로 직장을 떠난 것도 아이러니하다 하지 않을 수 없다.

퇴직 후 1월 15일 대기업 H사 부도, 3월 2일 대기업 K, H사 부도…… 걷잡을 수 없는 파고가 덮치기 시작했다. 일본 H그룹 가는 것도 미루고 상황을 좀 더 지켜보기로 했다.

당시 명예퇴직한 직원들은 본점 신용카드관리 부서에 임시직으로 가기 위해 줄을 서고 있었다. 마침 고등학교 선배 한 분이 부장으로 계셔서 자리를 비워놓았으니 나보고 빨리 오라고, 뭐가 잘났다고 그리 재고 있느냐며 강력히 권하셨다. 충고해주신 고향 선배께 정말 감사하다.

그러나 국내 상황이 워낙 급하게 돌아가고 있어서 선뜻 결정할 자신이 없었다. 고향의 향토기업 소유 상호신용은행에서도 사장으로 와달라고 친지를 통해 연락이 오곤 했다.

일본 H그룹에서도 내 생각이 어떤지 자꾸 의향을 물어 왔다. 그러나 선뜻 일본으로 갈 결심도 하지 못했다.

내가 소년 시절에는 목포의 바로 옆집에 사셨고, 은행에 입행해서는 보문동지점 개설준비위원으로 근무하실 때 한번 만나 뵈었던, 돌아가신 추 대리님의 모범적 품성이 성장기의 나에게 많은 영향을 미쳤다.

그분은 내 인생의 롤모델이었다. 공치사도 모르고, 늘 겸손하게 앞을 내다보며 오로지 현재 무엇을 준비해야 하는지 연구에 몰두하는 삶, 그것은 그분이 살아온 인생이었고, 내가 따라서 살아가려고 애써온 인생이었다.

"은행 다녀와요."

은행을 떠난 후 개인 회사에 근무할 때도 아침 출근 때는 부지불식간에 아내에게 이렇게 인사하며 현관문을 닫곤 했다.

나는 조흥은행을 정말 사랑했다. 은행과 더불어 사회적으로도 성장해왔다.

제 3 장

가족 건강 지키는 효소와 자연요법 연구

독학으로 이룬 보람
외국어, 자연요법, 요리

1997년 은행을 떠나 외국계 회사에 다니게 되니 토요일은 근무가 없었다. 귀중한 하루를 헛되이 보내지 않으려고 평소에 관심을 가지던 요리와 건강 관리에 눈을 돌리게 되었다. 특히 자연치유에 큰 매력을 느끼고 더 깊이 파고들었다. 지금까지 25년간 연구하고 실습하며 많은 성과를 얻게 되었다.

덕분에 가족과 주위 사람들의 건강 관리에 도움을 줄 수 있었고, 요리하는 즐거움에 흠뻑 빠지며 외국인 친구를 여럿 사귈 수 있는 계기도 되었다.

현직에서 은퇴한 우리 세대는 하루하루 시간 보내기가 힘들다는 말을 많이 한다. 아직도 일거리가 필요한 나이이기 때문이다. 요즘은 100세 시대를 부르짖는 이들이 많으니 최소 30년은 더 살아야 한다. 그러려면 혼자가 아닌 가족과 공감할 수 있는 일거리를 찾아서 만들어 가야 한다.

나는 한국 반도의 남쪽 끝자락 항구에서 태어나 고등학교를 마치고 은행에 들어가서, 젊을 때는 주로 대학교도 없는 지방만 다니면서 근무하느라 야간대학에도 다닐 기회가 없었다. 그래도 향학열을 접지 못해, 혼자 많은 책

내가 모으고 공부한 자연요법 책들

을 읽으며 공부했다.

내가 살아온 인생을 되돌아보며 잘한 일 세 가지를 꼽으라면 나는 주저 없이 다음 세 가지를 들겠다.

첫째, 외국어 공부.

둘째, 자연요법 건강 관리.

셋째, 요리.

이 세 가지 모두 독학으로 이룬 것이다.

독학으로 외국어를 공부해서 선진문화를 배우고 유익한 지식을 많이 얻을 수 있었다. 외국어를 통해 해외에 진출하고, 가족이 해외 생활 경험을 쌓았다. 아들과 딸은 한창 인성이 형성되는 시절에 새로운 교육 환경에서 수학할 수 있었다.

자연요법 또한 독학으로 책을 통해 배웠다. 내가 건강 관리를 위해 효소를 만들기 시작하고 6~7년이 지나고부터 국내에 붐이 일기 시작하더니 많은 사람이 가르쳐 달라고 찾아왔다. 그래서 혼자 배운 자연요법을 사람들에게 전해주는 보람을 느낄 수 있었다.

요리 또한 일본에서 일본 말과 글에 서툰 아내를 돕기 위해 혼자 책을 통해 배웠다. 그런데 요즘은 요리 잘하는 남자가 인기 대세라고 하지 않는가. 독학으로 요리를 공부한 이후, 앞치마 두르고 부엌을 들락거린 경력으로 따지면 벌써 25년이 지났다. 요리 또한 나에게 배워보겠다고 찾아오는 친구들이 여럿 있다.

나이 들어 꿈을 잃지 않고 일거리가 있다면 행복한 삶이다. 그래야 100세 시대를 살아갈 수 있다.

2022년 올해, 연세대학교 지구환경시스템과학대학에 입학한 손주 녀석은 다들 하는 학원 공부도 하지 않고 보기 좋게 합격했다. 그 아이는 요즘같이 공부하기 편한 세상에 돈 낭비하고 시간 소비하며 학원에 다니는 이유를 알 수 없다고 말한다.

자기소개서도 본인 스스로 작성했다. 졸업한 고등학교에서 대학입학 역사에 남을 학생이라는 말을 들었다고 한다. 독학으로 자기 꿈을 실현해가는 손주 녀석이 대견하다.

은행 다니면서 혼자 공부를 계속한 지난날들이 생각나기도 하고, 지금도 인터넷을 통해 공부를 계속하는 내 인생 철학을 닮은 게 아닌가 싶어서 가슴 뿌듯하기도 하다.

나이 들어 건강 관리는 모든 이의 공통된 과제다. 건강을 잘 관리해야 일을 잘할 수 있고, 꿈을 이룰 수 있다.

사람이 음식을 만들고 음식이 사람(인체)을 만든다. '오늘의 음식이 내일의 자신'이라는 말이 있다. 비싼 음식이 아니라 자기 몸에 좋은 음식을 잘 만들어 잘 먹어야 밝은 내일을 살아갈 수 있다.

건강의 기초는 무엇보다 올바른 영양 관리

인간은 약 60조 개의 세포로 이루어져 있다고 한다. 세포가 모여 조직이 되고, 조직이 모여 장기가 되며, 이런 장기가 갈비뼈 안쪽과 뼈에 붙어 있는 게 인간이다.

인간을 움직이는 에너지나 인간을 구성하는 물질인 단백질을 합성해서 생산하는 역할을 맡은 곳은 세포다. 세포는 자율신경에 의해 작동한다. 세포 속에 음식의 영양분이 들어가기 위해서는 나트륨, 칼륨, 마그네슘, 칼슘, 이 4대 미네랄의 균형이 이루어져야 한다. 미네랄이 제거된 음식은 세포 속으로 들어갈 수 없으니 열량은 있으나 영양소는 없는 셈이다.

광물질도 미네랄이라고 하지만, 생체성분의 무기질을 미네랄이라고 하며, 무기영양소라고도 한다. 생체의 생리 기능에 필요한 광물성 영양소다.

인체의 성장과 건강 증진 등 정상적인 생리 기능을 영위하기 위해 섭취해야 하는 중요한 영양성분으로, 단백질, 지방질, 당질, 비타민, 미네랄을 5대 영양소라 한다. 이 밖에 물도 대단히 중요한 영양소다.

단백질, 미네랄, 물은 주로 몸의 구성 성분으로 작용하고, 지방질, 당질, 단백질은 에너지원으로 작용하며, 비타민, 미네랄은 대사의 조절물질로 작용한다.

단백질은 효소나 핵산의 합성소재로도 사용되고, 생체반응의 촉매, 유전자 구성이나 기능의 발현을 위해서도 중요하다. 식이성 섬유질은 영양소에는 들어가지 않으나 생리적 효과에 관해 많은 연구가 이루어지고 있다.

영양소는 이처럼 우리 몸을 만들고 에너지를 제공하며, 몸의 생체 기능을 조절하는 것이므로 우리가 식품을 섭취하는 것은 건강의 모든 단계에서 가장 중요한 역할을 한다.

우리 몸은 영양소에 의해 만들어지며, 영양소는 우리가 먹는 음식물에서 얻을 수 있다. 사람은 정자와 난자가 만나서 생성된 수정란이 분열과 증식을 거듭하며 형성된 것이다. 하지만 신체의 조성과 체격은 수정란이 형성될 때의 유전 인자와 성장 과정에서 있었던 인체의 영양 상태에 의해 좌우된다.

영양소 중에서 탄수화물, 단백질, 지방 등 유기 물질은 인체에서 서서히 연소해 열을 발생하기 때문에 '열량소'라고도 한다. 탄수화물과 단백질은 1g이 4㎉, 지방은 9㎉의 에너지를 발생한다. 에너지는 대부분 활동 에너지와 체온 유지를 위한 열에너지로 사용된다.

또 일부는 전기 에너지로 전환되어 뇌와 신경 활동을 원활하게 하고 근육의 수축, 이완에 작용하는 기계 에너지, 삼투압을 조절하는 전기화학 에너지, 시력을 조절하는 빛 에너지 등으로 이용된다.

비타민이나 미네랄 같은 영양소 결핍으로 인해 열량소가 인체에서 완전히 연소하지 못하고 불완전 연소하거나, 영양소들이 제대로 이용되지 못하면 건강에 나쁜 영향이 온다. 생리적 조절 작용을 하는 영양소가 부족할 때는 인체가 기능이 원활하지 않거나 병이 날 수도 있다.

우리가 건강을 잘 유지하려면, 일생을 통해 섭취하는 영양소와 사람의 신체 조건, 건강 상태에 따라 필요로 하는 양은 다르지만 모든 영양소를 골고루 섭취해야 한다.

***단백질** : 신체를 구성하고 에너지를 내는 두 가지 기능이 있어서 탄수화물이나 지방과 비슷하지만, 단백질은 인체에서 에너지를 내는 데 곧바로 투입되지 않는다. 단백질은 체내에 필수적인 물질들을 만들거나 운반하고, 외부로부터 침입한 이물질과 대항하기도 하며 나아가서는 뼈, 근육 등의 연결조직을 이루기도 한다. 또 혈액을 응고시키는 데에도 여러 종류의 단백질이 필요하다.

간단히 정리하면 단백질은 조직의 성장과 유지, 호르몬과 효소, 항체 형성, 체액 균형 유지, 산과 염기의 균형, 영양소 운반, 에너지 공급 역할을 한다.

***탄수화물** : 인간이 식사를 통해 얻는 총 섭취 열량의 60%를 차지할 정도로 주된 열량 영양소다. 탄수화물은 탄소, 수소, 산소를 가지고 있는 유기화합물이다. 식물체나 동물에 의해서도 만들어지지만 주로 식물(植物)에 의해 형성된다. 식물은 '광합성'이라는 중요한 반응을 통해 공기 중의 이산화탄소와 토양 중의 물을 흡수해서 탄수화물을 형성한다.

탄수화물은 에너지를 공급하고, 단백질을 절약하는 작용을 하며, 장내 운동을 이끌고, 신체 구성 성분으로 이용된다.

***지방(지질)** : 종류는 여럿이지만 성질은 비슷하다. 물에는 거의 녹지 않고, 에테르나 클로로포름, 벤젠, 이황화탄소, 석유 및 뜨거운 알코올에 녹는다. 실온에서 고형을 이루는 것을 지방이라 하여 액체 상태인 기름과 구별한다.

지방은 급히 쓸 수 있는 농축된 에너지원이며 만복감을 주고, 맛과 향미를 제공하고, 지용성 비타민 흡수에 도움을 주고, 필수지방산을 제공한다.

***미네랄** : 인체를 구성하는 원소 중에서 탄소, 수소, 산소의 3원소를 제외

한 무기적 구성 요소다. 인체의 성장과 유지 및 생식에 적은 양이 필요한 영양소다. 인체의 구성 성분 중 체중의 약 4%를 차지한다. 모든 동물성 식품에는 미네랄이 들어있다.

미네랄은 신체의 필수 성분으로 촉매 작용, 산과 염기 균형, 물의 균형 조절 등에 관여한다. 칼슘, 인, 나트륨, 염소, 칼륨, 마그네슘, 황 등은 체중의 0.05% 이상이 발견되므로 이들을 다량 무기질이라 한다. 철, 요오드, 망간, 구리, 아연, 코발트, 셀레늄, 불소 등은 적은 양이 발견되므로 미량 무기질이라 한다.

*비타민 : 인체가 세포 속에서 특수한 대사 기능을 수행하는 데 필요한 유기 물질이다. 세포는 이런 물질을 스스로 합성하지 못하므로 식품이나 비타민제를 통해 섭취해야만 한다.

자체로는 에너지를 제공하지 못하나 탄수화물, 지방, 단백질이 에너지를 내는 과정에 작용한다. 에너지 대사 과정뿐 아니라 세포 분열, 시력, 성장, 상처 치료, 혈액 응고 등과 같은 여러 과정에 참여하므로 섭취가 부족하면 식품의 소화와 이용이 원활하지 않고, 식욕이 떨어진다. 신체의 건강과 활력이 유지되지 않으며 정상적인 성장도 이루어지지 않는다.

*물 : 인간의 생명유지에 가장 중요한 물질인데도 소홀히 여기는 경우가 많다. 인간은 음식을 먹지 않고도 몇 주일을 살 수 있으나 물을 마시지 않고는 며칠도 살 수 없다. 수분은 모든 조직의 기본 성분이며 인체 조직을 구성하는 성분 중 3분의 2 이상을 차지한다.

그래서 이런 말까지 있다.

"물 하나만 잘 마셔도 건강을 유지할 수 있다."

생수 회사의 광고가 아니라 건강의학자의 조언이다.

여기까지는 모든 사람이 알고 있는 일반 상식이다. 그런데 건강을 지키려면 일반 상식을 잊지 않는 것이 대단히 중요하다. 우리의 건강은 이런 기본 상식 위에서 이루어지는 것이다.

무엇을 어떻게 먹을지 치아를 보면 안다

인체의 세포 속에는 작은 기관인 미토콘드리아가 있다. 핵을 가진 모든 세포에 존재하는데, 세포 안에 있는 에너지를 ATP 형태로 생산해 공급한다. ATP는 아데노신 3인산(adenosine triphosphate)의 약자로, 모든 생명체 내에 존재하는 유기 화합물이다.

미토콘드리아는 세포 내 에너지 생성 반응인 세포 호흡의 중추적 역할을 한다. 포도당을 분해해 ATP를 생산하고, 이 ATP가 흡입한 산소에 의해 다시 산화하면서 열과 전기를 발생해 인체 활동의 에너지를 공급한다.

인체의 세포 속에는 또 리보솜이 있다. 리보솜은 세포질에서 단백질을 합성하는 단백질과 RNA의 복합체다. 인체는 섭취한 단백질을 소화해 20여 가지 아미노산으로 분해하는데, 이 아미노산이 세포 속으로 들어가 리보솜 안에서 RNA가 DNA로부터 받아온 설계도에 따라 인체를 구성하는 각종 단백질을 합성한다.

이처럼 중요한 생산조직인 세포는 손상을 입으면 바로 변질한다. 이렇게 변질한 세포가 바로 무서운 암을 일으키는 원인이 된다. 암은 인체 내의 세포가 각종 원인에 의해 무제한 증식해 형성되는 악성종양이다. 성장 속도가 매우 빠르며 주위의 정상조직을 침범해 장기를 파괴한다.

암 발생 원인의 80~90% 정도는 직접 또는 간접으로 환경요인과 관련되어 있으며, 발암인자의 90% 이상이 자연환경에 존재하는 각종 화합물이라고 한다. 자동차 배기가스, 담배 연기, 공장에서 쓰이는 각종 화공 약품, 농약, 인공감미료, 식품첨가물, 의약품 등이 원인이 될 수 있다.

암 발생 원인은 유전적 요인보다 생활과 환경적 요소가 더 크다는 것이 의학계의 정설이다. 그중에서도 음식은 가장 핵심 요소다. 세계보건기구(WHO)의 국제암연구소는 암의 주요 원인으로 음식(30%)과 흡연(15~30%)을 들었다.

특히 우리에게는 암과 식습관이 더욱 밀접하게 관련되어 있다. 한국인이 가장 많이 걸리는 대장암, 췌장암, 전립선암은 동물성 지방 섭취가 많은 서구식 식습관이 주요 원인으로 분석된다. 위암도 자극적인 음식 등 잘못된 식습관이 원인인 경우가 많다.

그러므로 암을 예방하기 위해 가장 먼저 해야 할 일은 건강한 음식 섭취다. 올바른 식생활은 암을 예방할 뿐만 아니라 건강한 몸과 마음을 만들어 건강한 인생을 성취하게 하는 최선의 길이다.

참고로 농림축산식품부가 제안하는 암 예방 식생활 지침서에는 다음 5가지가 들어있다.

1. 채소와 과일 충분히 먹기
2. 불에 탄 음식 먹지 않기
3. 붉은 육류와 육가공품 섭취 제한하기
4. 짜지 않게 먹기

5. 섬유소 충분하게 섭취하기

물리적으로 인간은 하나의 물체이고 이 물체는 원료를 삽입하는 대로 구성된다. 섭취한 음식이 인체를 만든다. 그러면 인간은 과연 어떤 음식을 먹어야 할까?

음식을 먹을 때 사용하는 치아의 모양을 보면 알 수 있다. 사람의 치아는 앞니 8개, 송곳니 4개, 그리고 작은어금니와 큰어금니로 나뉜다. 각각의 치아는 음식을 먹을 때 생김새와 용도에 따라 자르고, 찢고, 으깨는 역할을 한다.

앞니는 음식물을 잘게 잘라 부피를 줄이는 역할을 한다. 송곳니는 앞니의 양쪽에 난 뾰족한 이로, 음식물을 찢는 역할을 한다. 어금니는 맷돌처럼 음식물을 으깨고 잘게 갈아 소화되기 쉽게 한다.

인간의 치아는 모든 음식물을 다 잘 먹을 수 있도록 만들어졌다. 치아의 모양이 이렇게 만들어진 이유는 모든 음식물을 골고루 잘 먹으라는 뜻이다.

그중에 가장 큰 부분을 차지하는 이가 작은어금니와 큰어금니로, 맷돌 역할을 하는 이다. 즉 곡류인 쌀, 콩, 보리, 밀 등의 주식을 잘 갈아먹기 위해서다.

우리 한국인에게 주식은 쌀이다. 한자 쌀 미(米) 자를 보면 중간에 열 십(十) 자가 있고 아래위로 여덟 팔(八)이 있다. 이는 씨를 뿌려 수확할 때까지 88번이나 돌보는 정성을 쏟아야 한다는 의미라고 한다. 쌀은 그만큼 정성스럽게 키우는 농작물이다.

그러나 요즘 우리가 먹는 백미는 좋은 쌀이 아니다. 흰 백(白) 자에 쌀 미(米) 자가 붙은 '술지게미 박(粕)' 자는 껍데기를 의미한다. 알맹이 없는 껍데기라는 뜻이다.

반대말은 현미(玄米)다. 백미는 물에 담가 놓으면 썩는데 현미는 싹이 난다. 생명이 살아 있다는 증거다. 백미는 먹기가 부드럽도록 생명체인 배아를 제거해 버린 쌀이다. 생명체의 가장 중요한 요소인 싹을 제거한 음식물이 어떻게 완전한 영양소가 될 수 있겠는가.

인간이 섭취해야 할 가장 이상적인 영양 비율은 탄수화물 70, 단백질 20, 지방질 10이라고 한다. 탄수화물을 공급하는 영양식품으로는 현미가 가장 이상적이다.

배아가 있는 현미에는 생명을 유지하는 필수 영양분인 식물성 탄수화물, 조단백질, 지질, 섬유질, 비타민A, 비타민B, 나이신, 기타 각종 미네랄 성분을 함유하고 있다.

참고로 '썩어서 망한다'라는 뜻의 한자 '부패'에서 부(腐)는 '곳집 부(府)'자 아래 '고기 육(肉)'이 붙어 있다. 고기가 창자 안에 있으면 썩는다는 의미다.

자연적으로 살아가는 동물이나 우리 인간은 다 같은 동물이다. 그런데도 자연계의 동물은 인간과 달리 고혈압, 당뇨, 암, 관절염 같은 질병에 걸리지 않는다. 음식물을 가공하지 않고 자연 상태 그래도 섭취하기 때문이다.

고등 동물인 인간은 음식물을 먹기 쉽고 맛있게 조리하고 가공해서 먹는다. 불을 사용하고 각종 화학조미료를 이용한다. 불을 사용하면 몸속에서 생화학작용을 일으키는 효소가 사멸한다. 화학조미료는 체내에서 완전한 분해가 안 되므로 잔재 독소가 쌓여 질병을 일으킨다.

'오늘 먹은 음식이 내일의 나를 만든다.'

이런 기본에 충실한 요리를 해야 나와 내 가족의 올바른 섭생을 지킬 수 있다.

인간은 살아가는 데에 필요한 에너지 생산을 위해 음식을 섭취해야지 먹는 것을 즐기기 위해 섭취하면 몸을 망가뜨린다.

맛있는 음식을 즐기는 것은 입안에서 세 치 혀만 즐거울 뿐이며 목구멍을 넘어가고 나면 맛보다는 소화와 배설, 해독을 위해 인체는 상당한 노력을 기울여야 한다.

인간이 가장 무서워하는 질병인 암(癌) 자는 '병 엄(疒)' 자, 즉, 병으로 드러누운 속에 '입 구(口)' 자가 셋 있고, 그 아래 '산 산(山)' 자가 있다. 입이 세 개나 있는 것처럼 산 같이 많은 음식을 먹으면 난치병인 암에 걸린다는 뜻이다.

산야초 효소로 아내의 자연 치유력 회복

2020년 KBS에 소속된 한 여성 개그우먼이 햇빛 알레르기로 고생하면서 고통을 견디다 못해 끝내 어머니와 함께 극단적인 선택을 했다.

고인은 그 전에 한 강연에서 털어놓았다.

"고등학교 때 피부과에서 오진해서 박피 수술(피부를 벗겨내는 수술)을 6번이나 했어요. 너무 아파서 휴학했고, 대학교 때 재발해서 얼굴에 아무것도 바르지 못하게 되었어요."

지루성인 피부염을 여드름으로 오진해 박피 시술을 받은 뒤 햇빛 알레르기가 생겼다는 것이다. 햇빛 알레르기는 이럴 정도로 위험한 불치병으로 알려져 있다.

내 아내의 개인적인 건강 상태를 외부에 공개하는 데는 적지 않은 어려움과 부끄러움이 있지만, 그 고통을 상세히 알리고, 병세의 원인과 대처 방법을 제시하기 위해 솔직하게 적어 보겠다.

아내의 증상을 보면, 밤에 잠을 자다가 다리에 쥐가 나서 다리를 붙잡고

울고, 수면 유도제 없이는 잠들 수 없고, 변비가 심하고, 감기에 잘 걸리면서 잘 낫지 않고, 혈뇨까지 있었다. 대학병원에서 아무리 정밀 검사를 해도 원인을 알아낼 수 없었다.

또 앞에 나온 개그우먼과 같은 햇빛 알레르기로 고생하면서, 따뜻한 봄부터 가을까지는 외출하면 피부에 발진이 나타났다. 가렵고 후끈후끈해 견디지 못할 정도여서 외출이 두렵기만 했다. 아내는 걸어 다니는 종합 병원이었다.

치료를 위해 장장 10년간 서울 시내 유명하다는 병원을 다 가보았으나 뾰족한 치료방법이 없고, 스테로이드 처방이 유일했다. 스테로이드 처방 치료는 부작용과 내성으로 고통이 따르는 것이다.

그러다가 문득 일본 연수 때 사귄 일본인 친구가 1985년 선물해 준 효소 건강에 관한 서적이 오랫동안 먼지가 뿌옇게 쌓인 채 서가에 방치되어있는 것을 발견했다. 물에 빠지면 지푸라기라도 잡는다는 절박한 심정으로 먼지를 털어버리고 펼쳐 보기 시작했다.

일본의 동양의학 카운셀러가 쓴 책인데 잘 알려진 의학박사 모리 요시오가 임상이론을 제공한 내용이라 신뢰가 갔다. 2만5000명의 임상 효과를 수록한 책으로 149판이나 발행된 베스트셀러였다.

세계 최초의 효소 건강에 관한 실전적 바이블이라 할 수 있겠는데, 천금을 받아도 줄 수 없는 귀중한 책이었다.

신줏단지 모시듯 곁에 두고 밤새 공부를 하니 주위의 자문 없이도 만들겠다는 자신이 생겼다. 바로 산야초에 관한 식물의 약성 공부에 몰두하면서 왜 질병이 발생하는지를 연구했다. 그러고 나서 인체생리와 영양, 대사학에 관한 서적을 접하면서 산야초를 찾아다니기 시작했다.

그때까지 일체의 농사 경험도 없던 내가 2005년부터 휴일이면 등산배낭을 메고 산야를 돌아다니며, 흙먼지 뒤집어쓰면서 열심히 산야초를 채취했

효소 담그려고 쑥 다듬기

효소 담그려고 소나무 올라가 송순 따기

다. 이것으로 집에서 직접 발효시켜 아내에게 먹이려고 하니 반신반의하며 선뜻 응하지 않았다.

마침 이때 내 누이가 갑상선암 수술 후 호르몬제를 복용하다가 부작용 때문인지 목 부위에 붉은 발진이 생기면서 가려워 고생하고 있었다. 그래서 자청해서 복용하고 불과 한 달여 만에 효과를 보이자 비로소 안심하고 아내도 먹기 시작했다.

산야초 효소는 산과 들에서 자연으로 자란 재료이므로 생명력이 강해서 영양이 풍부한 것이 특징이다. 성인병 예방에 특효가 있고, 해열, 진통, 소염 작용이 있어서 많은 사람이 찾는다.

산야초로는 쑥과 민들레, 씀바귀, 소루쟁이, 개망초, 깨풀, 담쟁이, 곰보배추, 산수유, 산사나무, 산초, 댑싸리, 당귀, 달맞이꽃, 꽃다지, 꼭두서니, 진

달래, 개다래, 나팔꽃, 냉이, 냉초, 쇠비름 등 3000여 식물이 쓰일 수 있다.

원료의 종류가 많을수록 다양한 효소를 포함하게 된다. 수십 종의 식물성 재료를 사용한 산야초 효소는 단일효소와는 다르게 많은 종류가 복합되어 그만큼 활성도가 좋고 면역력이 높다.

효소는 인체에서 영양의 분해 흡수가 좀 더 원활하게 이루어지도록 도와주는 단백질의 일종으로 건강 도우미라고 할 수 있다. 음식 섭취를 통해 생산되는데, 생산이 어려워지면 인체의 대사 기능을 떨어뜨려 각종 질병이 발생하는 원인이 된다.

효소는 생명의 탄생과 성장, 발육, 유지, 소멸의 전 과정에 관여한다. 그러므로 인체는 효소 없이는 살아갈 수 없다. 효소는 살아 있는 모든 동물과 식물에 함유되어 있는데, 근래에는 식물의 속성 재배와 농약 오염으로 효소가 부족한 식물이 많다. 또 조리 과정에서 효소가 파괴된 식품 섭취와 환경공해, 스트레스 등이 가중되어 효소의 기능이 저하되고 있다.

효소는 소화, 흡수뿐 아니라 몸속의 노폐물이나 독소 등을 배출하는 역할도 한다. 그래서 콜레스테롤 배출을 통해 지방간 수치를 낮출 수도 있으며 장 기능을 좋아지게 할 수도 있다.

일반적으로 알려진 효능은 이런 것이다.

1. 숙변을 제거해 장을 튼튼하게 한다.

2. 고지혈을 분해하고 대사에 참여해 혈액순환을 돕는다.

3. 피하지방을 분해해 체중을 조절한다. 지방 대사에도 관여하므로 다이어트에도 좋은 효과가 있다.

4. 세포를 생성, 부활시켜 성장을 촉진한다.

5. 해독작용을 통해 간 기능을 돕는다.

육식이나 가열 조리된 음식을 분해하는 데는 많은 효소가 필요하다. 그래서 육식을 많이 할수록 체내 효소는 줄어든다. 효소가 풍부하게 포함된 신선한 채소나 과일을 섭취하면 영양분으로 변화시키는 과정에서 체내 효소 소비가 거의 없고 식품 자체에 함유된 효소가 신진대사에 도움을 준다.

효소는 열에 약해서 섭씨 45도만 넘어가면 살 수 없다. 따라서 채소나 과일은 생으로 먹어야 하며, 자연적인 식품을 통해 효소를 많이 섭취할 수 있다.

나는 산야초 채집에 경험이 없고 주위에 아는 사람도 없었다. 혹시 독초일지도 몰라, 아내에게 먹이기 전에 만에 하나라도 해를 방지하기 위해 내가 먼저 한 모금 넘겨보는 검식관 노릇을 자청하기도 했다. 후일 알고 보니 산야초의 어지간한 독성은 발효 과정에서 다 사라진다는 것이다.

한국에서는 2010년 초부터 효소 붐이 일어 언론이나 서적을 통해 만드는 방법이 많이 소개되었으나 내가 효소에 몰두할 당시에는 효소에 대해 아는 사람을 내 주변에서는 찾기 어려웠다.

아내에게 매일 내가 만든 효소를 먹이며, 여성들이 즐기는 빵류, 과자, 피자, 라면, 스파게티 같은 가공 음식을 금하게 하고, 주식은 현미와 잡곡으로 대체하니 사흘에 한 번꼴이던 화장실 출입이 서서히 정상으로 돌아오더니, 앞에서 말한 각종 증세가 하나하나 개선되기 시작했다.

견디기 힘든 햇빛 알레르기와 피부 발진이 사라지고, 수면 유도제 없이 잠들고, 감기나 독감으로부터 자유로워지고, 혈뇨까지 사라지는 놀라운 경험을 했다.

지속적인 관찰과 건강 서적을 읽으며 결국은 섭생이 잘못되어 변비가 생기고, 이로 인해 독소가 체내에 쌓여 각종 증세가 유발된다는 것을 알게 되었다. 언젠가 피부과 의사가 방송에 출연해 피부질환은 내과 질환이라고 강조한 말을 제대로 이해하게 되었다.

나는 효소를 만드는 과정에서 인체생리에 관한 서적을 통해 미네랄의 중요성을 이해하고, 미네랄 조건을 충족하는 발효 방법을 터득했다.

주위의 말기 암 환자들이 식사 후 통증으로 고통받는 것을 보고 내가 터득한 방법으로 발효한 효소를 무료로 제공하는 보람도 있었다. 그들의 증상이 개선되는 것을 보며 그간 흘린 땀이 헛되지 않았음에 기쁘고 감사했다.

비파잎 쑥뜸으로 내 목에 생긴 암 치료

2014년 가을, 목 아래쪽 가슴뼈와 어깨뼈가 만나는 움푹 들어간 부분에 무언가 자그마하게 튀어나온 것이 느껴지기 시작했다. 그러나 별로 대수롭지 않게 생각했다. 우리 집은 아들까지 4대째 담배를 피우지 않으니 목에 이상이 오리라고는 생각하지 않았다.

회사에 근무할 때 매일 아침 중역진들의 미팅이 한두 시간 있었다. 그때마다 중역진 몇 분이 스트레스 때문인지 줄담배를 피워대서 나로서는 여간 고역이 아니었다. 마주 보고 앉아 있었으니 담배 연기를 간접으로 흡연한 셈이다. 담배 연기 때문에 추운 겨울에도 문을 열어 놓고 미팅을 계속할 때도 있었다.

다음 해 봄, 퇴근길 지하철에서 내리면 현기증이 느껴지기 시작했고, 평소 말하는 도중에 순간적으로 쉰 소리가 났다. 이후 체중이 5kg 정도 줄며 혹이 커지더니 1년 사이에 3배 정도가 부풀었다.

그리고 이것이 딱딱해져서 음식물을 삼키는 데 장애를 느꼈다. 내가 배운 지식으로 자가진단을 해보니 암이 확실하다는 결론이 나왔다.

크기가 거의 탁구공만 해서 수술한다 해도 부위가 목인지라 머리로 올라가는 신경과 혈관 다발에 성대도 있어서 큰 수술이 될 것이며, 성공한다 해도 장애가 남을 것이 뻔했다. 아내의 경험으로 보아 병원치료를 단념하고 자가치료를 하기로 어려운 결론을 내렸다.

인간이 치유력을 회복하기 위한 필수 환경을 찾아, 공기 좋고, 미네랄이 풍부한 지하수가 있고, 산림이 많아 음이온이 풍부한 지역을 찾아서, 산속에 있는 사찰 같은 환경을 갖춘 곳으로 거처를 옮겼다.

그동안 효소 만드는 과정에서 각종 식물성 약재의 효능을 공부한 덕분에 비파잎으로 치료하면 좋겠다는 판단이 섰다. 비파는 아미그달린이라는 성분이 있어서 진통, 항염, 항암에 좋고, 특히 열을 가하면 청산배당체가 발생해서 그것을 피부를 통해 인체로 흡입하면 다양한 질병 치료 효과가 있다. 그래서 고대로부터 자연치유 약재로 애용되어왔다.

지금은 우리에게도 낯설지 않은 장미과 식물 비파는 중국 후베이성 일대가 원산지로 2000년 전부터 중국 문헌에 언급되었다. 이것이 일본으로 전파된 후 17세기 이후 다양한 품종이 개발되어, 서구에서는 일본 과일로 알려지기 시작했다.

우리나라에도 도입되어 남부 지역에서 재배했으나 거의 사라지고 남부 섬 지역의 인가 근처에 남아있다. 그러다가 근래에는 약용 식물로 알려져 겨울철에도 남부지방 비닐하우스에서 재배한 싱싱한 잎을 구할 수 있다.

비파는 생과일로도 먹을 수 있는데, 아미그달린이라는 시안계 화합물을 함유해 독성이 있어서 안전하지 않다. 독성 함량은 품종에 따라 차이가 있다.

중국 의약에서는 목이 부을 때 비파 시럽을 복용하며 감기 치료에도 이용한다. 잎을 우려낸 물은 담을 없애는 약으로 이용하기도 하고, 잎과 꽃을 끓인 차를 천식에 복용하기도 한다.

목의 환부에 비파잎을 놓고 강화도 쑥으로 뜸을 뜨기 시작했다. 특히 겨울철에는 밀폐된 실내에서 뜸을 뜨면 쑥 매연이 온 집안에 가득 차 괴로웠던 기억이 있다. 그래서 추운 겨울에도 하루에 두 차례 바깥 평상에 누워 벌벌 떨면서 40분가량 비파잎 쑥뜸을 했다.

한편으로는 신체 면역력을 높이기 위해 주식은 현미 50%에 검정콩, 율무, 수수, 차조 등을 넣은 잡곡밥으로 하고, 반찬은 작은 멸치를 섞어 들기름으로 비벼 끓인 된장국에 연근과 우엉 장아찌로 하며 일체의 육류와 기타 단

목의 환부에 비파잎 올려놓고 쑥뜸 뜨기

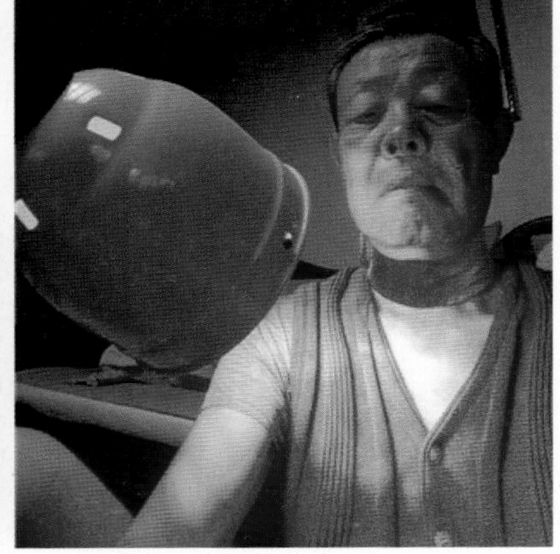

비파나무와 잎, 열매(위)
목의 환부에 적외선 쬐기(아래)

백질은 억제했다. 과일이나 청량음료, 보약, 설탕류를 자제하고, 1년 반쯤 지나자 혹이 완전히 사라졌다.

혹이 완전히 사라지자 맨살에 대고 뜸을 뜨면 따가워서 비파잎을 술에 담근 추출액을 천에 묻혀 목에 두르고 적외선을 쪼이며 반년 정도 치료했다. 그렇게 해서 2017년 12월 병원에 가서 초음파 검사를 해보니 아무 이상이 없다는 결과가 나왔다.

효소를 비롯한 자연요법과 섭생으로
건강 되찾은 우리 부부(왼쪽)
왼쪽 사진을 이용한 장식품(위)

핸드볼 공으로
전립선 비대증 간단히 예방

"70세 이상 초고령……"

어느 날 무심결에 TV에서 이런 말이 들려왔다.

아니 뭐라고? '고령'이란 말도 서글픈데 '초' 자까지 따라붙는다고? 가슴이 서늘했다.

그러나 굳이 그렇지 않다고 항변할 수도 없었다. 나이 70이 넘어서면 의학적으로 여러 가지 문제가 생기고 체력이 약해지는 것은 부인할 수 없는 사실이니까.

남자의 70% 정도가 전립선 비대증을 지니고 있다고 한다. 정말로 노년에게는 삶의 질을 확 떨어트리는 일이다. 잠을 자다 화장실에 다녀오면 젊을 때와 달리 수면을 유도하는 멜라토닌 분비량이 감소하니 다시 잠들기가 쉽지 않다. 뒤척거리다 아침에 일어나면 머리가 개운치 않다.

이놈의 전립선은 정말 골칫거리다. 나이 들면서 근력이 떨어지니 커지고, 처지고, 늘어지고, 탄력이 떨어지기 때문이다. 인체의 모든 장기는 커지면 머리 아프다. 간부전, 신부전, 심부전, 전립선 비대증…… 그러면서 점점 기능을 잃어간다.

이 전립선 비대증을 예방할 수 있는 좋은 비방이 있다. 핸드볼 공 하나면 언제 어디서나 가능한 처방이다. 배꼽 밑 약 8cm 위치의 바닥에, 방광에 압력을 미칠 수 있는 지름 15cm 크기의 핸드볼 공을 놓고 엎드려 굴리고 있기만 하면 된다.

간단한 동작 같지만 5분 정도 지나면 체온이 올라가며 땀이 나는 것을 느낄 것이다. 혈액순환이 좋아진다는 방증이다.

이렇게 하면 방광에 자극이 가서 탄력성이 좋아지고 허리에 대고 굴리면 협착증 개선에도 도움이 된다. 전립선 비대증은 약 처방으로도 도움을 받을 수 있으나 시간이 지나면 내성이 생겨 약 투여량이 늘어나게 된다.

밤에 잠을 자다가 한 번만 덜 일어나도 그야말로 살 것 같지 않은가? 집에서 책을 읽거나 TV를 보면서도 할 수 있으니 시도해보시기 바란다. 돈 드는 것도 아니니까.

동시에 항문 조이기도 추천한다.

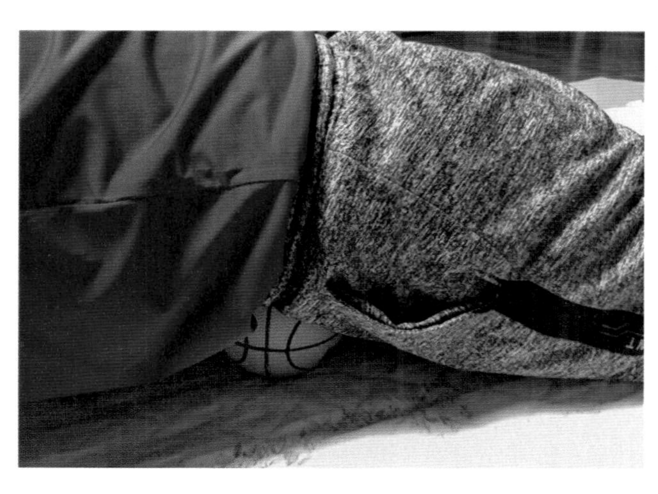

방광에 압력을 주는
핸드볼 공을 엎드려 굴린다.

아내 뇌동맥류 수술 때 나타난 섭생 효과

삶과 죽음의 순간은 찰나다.

2017년 말, 회사 퇴직을 앞두고 딸내미와 사위가 다시 새롭게 시작할 제2의 인생을 맞이하는 선물로 종합건강진단을 해주겠다고 했다.

비용이 너무 많이 들어 한사코 거절했으나 아내가 '사위가 이토록 강권하니 그냥 받아들이자'라는 생각이 큰 것 같아서 검사를 받았다.

받기 전에 분명히 나는 평소 고혈압이 있으니 문제가 있을 것이고, 아내는 평소 아무런 증상이 없었으니 괜찮을 거라고 예단했는데 결과는 뜻밖이었다. 나는 큰 이상이 없는데 아내는 뇌 쪽에 정밀진단이 필요하다는 소견이었다.

그래서 뇌 MRA, MRI 재검사에 들어가니 왼쪽 뇌 부분에 파열되지 않은 뇌동맥류가 보인다는 것이다. 큰 것은 자그마치 2.5cm, 그 바로 밑에 붙은 작은 것은 0.6cm라는 청천벽력 같은 결과가 나왔다.

한 개도 힘든데 두 개나 되니 상당히 어려운 수술이라고 겁을 잔뜩 주었다. 평소 건강했던 아내는 망연자실한 상태가 되어 식음을 전폐할 지경에 빠졌다.

언제 파열할지 알 수 없고, 이런 크기로 터지면 현장에서 사망 확률 30%, 병원에서 수술 중 사망 확률 30%, 수술 후 후유증 30%라 하니 하늘이 무너지는 듯 앞이 캄캄했다.

종합건강진단을 한 병원에서는 수술이 불가하다며 대형병원에 직접 소개를 해주었다. 일주일 후, 긴급히 날을 잡아 무려 8시간에 걸친 대수술이 이루어졌다. 다행히 수술은 성공적으로 잘 이루어졌다는 말을 집도의에게 들었다.

이후 조용한 곳에서 회복에 전념한 결과 아무런 후유증 없이 회복해 건강한 나날을 보내고 있다. 기억과 사고에 아무 이상이 없으며 팔다리 동작도 정상이다. 그때부터는 덤으로 사는 삶이라는 마음가짐으로 매사에 감사하며 생활하고 있다.

아내가 식욕을 잃지 않도록 부엌 메뉴는 내 당번이 되었고, 덕분에 요리 실력도 일취월장했다.

요즘 내 주위에서는 뇌동맥류를 모르는 상태에서 코로나 백신을 맞았다면 혈전 위험이 컸을 것이라며 소름 돋는 의견을 많이 내놓는다. 그러나 우리 부부는 코로나 백신 3차까지 접종했지만 아무런 증상 없이 잘 지내고 있다. 이런 연유로 우리 부부는 지금도 전원생활을 떠나지 못한다.

보통 건강검진을 하더라도 뇌 MRA, MRI를 찍어보는 경우는 드물다. 그러니 모든 게 유비무환이다. 노년의 건강 관리는 아프기 전에 미리미리 대비해야 한다.

아내의 뇌 수술은 볼펜 촉 두께의 극미세 혈관 두 줄을 바이패스로 연결하는 것으로, 결과를 예단할 수 없는 위험한 수술이었다. 그간 섭생관리가 부실해서 혈관이나 혈액에 문제가 있었다면 성공하지 못했을 수도 있다고 생각하니 정말 끔찍하다.

아내는 수술 후 만 4년이 지난 올해도 정밀검진 결과에 아무런 이상이 없다는 전문의 판정이 나왔다. 평상시 섭생관리가 얼마나 중요한지 다시 깨닫게 된다.

매일 아침 통쾌한 바나나킥 쏘기

축구경기를 관람하면서 골문을 향해 휙 휘어 들어가는 바나나킥은 얼마나 통쾌한가. 아무리 뛰어난 골키퍼도 속수무책으로 당하고 말지 않는가. 관객들로서는 짜릿한 감격의 탄성을 자아내며 속이 시원해지는 순간이다.

그런데 이제부터 바나나킥은 누구나 쏠 수 있다!

조선 시대 궁궐에는 복이처(僕伊處)라는 곳이 있었다. 주로 왕비의 거처인 내전에서 침실 등불 켜기, 불 때기, 담뱃대와 재떨이 청소 따위의 잡동사니 일을 맡아보던 곳인데 이곳에 속한 나인을 '복이 나인'이라 했다. 그 나인 중에는 하늘 같은 임금님의 건강 상태를 살피기 위해 왕의 대변을 검사하는 검시관 나인이 있었다.

임금님은 전용 요강을 사용해 그 이름도 고상하게 '매화틀'이라 했다. 매화틀 청소를 맡은 복이 나인은 매일 배설물을 찍어 맛을 보고, 상태를 주의 깊게 관찰했다. 냄새와 빛깔, 양을 살피며 건강의 이상 유무를 판단한 것이다. 황금색에 악취가 없고, 배설량이 적당하면 오장육부가 편해 건강이 좋다고 여겼다. 매일 대변을 맛본다니 좀 무안했던지 매화꽃으로 칭하며 매화 향을 맡는다고 했다던가. 그만큼 대소변의 결과가 중요하다는 방증이다.

장의 건강 상태는 배설물을 통해 쉽게 알 수 있다. 혹시 지난밤 약주 한잔에 맛있는 삼겹살을 곁들였다면 다음날 대변에서 고약한 악취가 날 것이다.

매일 아침 화장실에 가서 볼일 보고 그냥 물 내리지 말고 결과물을 확인해 보는 습관을 들여보자. 이것 또한 건강을 지키는 데 큰 도움이 된다. 점검 사항은 이것이다.

*하루에 한 번 배변한다.

*아침 기상 후 바로 가는 것이 이상적이지만 아침 식사 후에도 괜찮다.

*양은 250~300g 정도.

*잘 익은 바나나 빛깔.

*길이와 굵기는 중간 정도의 바나나 크기.

*심한 악취 유무.

이 정도 관심만으로도 건강해질 자격을 얻을 수 있다.

변기 위에서 매일 통쾌한 바나나킥을 쏘아 보자. 슛~, 오장육부가 편해진다.

"오늘 쾌변했어요?"

내가 아내에게 자주 묻는 말이다. 아내도 큰 고비를 두 번이나 넘긴 만큼 그 중요성을 익히 알고 있다.

"나는 괜찮았는데, 당신은 어때요?"

부부간에 건강을 챙겨주는 사랑의 대화다. 대소변을 대화로 아침 인사를 나누는 것은 우리 집에서만 있는 일일까?

오늘 내 몸을 만드는 원재료는 바로 어제 먹은 음식이다. 몸속에서 소화, 흡수하고 난 결과물 속에 그 답이 있다.

손발 차가움에 특효, 생강·홍화씨 음료

인간은 죽음이 가까워지면 손발 끝부터 차가워진다. 임종이 가까워질수록 심장의 수축력이 약해지고, 펌프질하는 힘이 떨어져서 혈액을 멀리 밀어내지 못하기 때문에 심장에서 먼 곳부터 체온이 내려가는 것이다.

나도 한때 발이 차가워서 잠잘 때 저린 현상을 경험한 적이 있다. 이럴 때는 면역력이 떨어져 감기에 잘 걸리면서도 쉽게 낫지 않고, 심한 경우 폐렴으로 고생하는 사람도 있다. 인간은 체온이 1도 내려가면 면역력은 30%나 떨어진다고 한다.

이런 경우, 생강과 홍화씨 차를 복용하면 증상이 개선하는 경험을 할 수 있다.

어릴 적에 아버지는 벌꿀에 생강을 재워서 드시고, 매일 생마늘을 구워 드시는 걸 보았다. 그래서인지 매우 건강하셨다. 그렇지만 아내나 나는 생마늘을 구워 먹는 것은 냄새가 심해 실천하기 힘들었다.

생강은 한방에서 감초 못지않게 많은 약에 들어간다. 생강은 따뜻한 성질을 지녔고 살균 효과가 있다. 홍화씨 역시 따뜻한 성질이며 뼈와 골다공증에 좋은 것으로 알려져 있다. 불포화 지방산이 풍부하다. 특이하게 자극적인 맛은 없고, 고소하며, 뒷맛은 약간 쓴맛이 돈다.

여성은 갱년기에 들면 몸이 차가워지고 골다공증으로 고생하는 사람이 많다. 아내도 집안 내력인지 무릎뼈가 약한 편이라 생강, 홍화씨 가루, 비정제 흑설탕을 섞어 다년간 매일 마셔왔는데 몸이 따뜻하다.

지난해 12월 코로나 백신 3차 접종 때 식후 혈당이 나는 122에 아내는 106이었다. 장기간 복용해왔으나 부작용은 발견되지 않았다. 비정제 흑설탕은 천연 미네랄을 다량 함유하고 있다. 중남미 사탕수수 농장 인부들은 간식으로 사탕수수를 먹는데도 당뇨병에 노출된 농부는 없다고 한다. 설탕은 반드시 비정제로 먹어야 한다.

[만드는 방법]

신선한 생강을 두 번 간다. 한 번만 갈면 목 넘기기가 거북해 여성들은 꺼리는 경우가 많다. 섬유질 때문에 집에서 갈기는 어려우니 재래시장을 이용하는 것이 좋다.

갈린 생강과 같은 무게의 비정제 흑설탕을 섞어 냉장고에 보관한다. 매일 뜨끈한 물 300cc에 밥숟가락 한 숟가락을 넣고, 홍화씨 가루는 별도로 냉장고에 보관했다가 티스푼으로 크게 한 스푼을 넣어 잘 섞어 드시면 된다.

생강의 강한 맛이 약해지면서 고소한 맛이 난다. 생강은 섬유질이 풍부하니 건더기까지 씹어 드시길 권한다.

*5000년 불교의 비방 중에는 생강이 좋다는 기록이 많다.

*육류에 생강을 갈아 넣으면 지방이 분해된다.

*청산가리(시안화칼륨)보다 수천 배나 독성이 강하다는 복어 알 위에 생강

편을 얇어 5번 쪄서 말리면 독성이 제거되어 사람이 먹어도 해가 없다는 강한 살균력 장면을 TV에서 직접 본 적이 있다.

*장수국인 일본에서는 날생선을 먹을 때 식중독 방지를 위해 초절임 생강을 즐겨 먹는다.

그동안 손발이 찬 분들께 이 생강·홍화씨 음료를 소개하고 고맙다는 인사를 여러 번 들었다.

세계 최고 품질
한국 천일염은 너무 억울해

지난해 10월경, 같이 차를 타고 가던 지인이 혈압이 불규칙해서 병원에서 정밀 검사를 받았더니 체내에 염분이 부족해서 그렇다고 하더라는 말을 했다.

현대 의학에서는 소금이 인체에 해롭다고 한다. 해롭다면 그 물질은 체내에 적을수록 좋아야 하지 않을까. 그런데 염분이 부족해서 혈압이 불규칙하다면 이상하지 않은가.

잘 아시다시피 소금에는 천일염과 정제염이 있다. 천일염은 염전에서 바람과 햇빛으로 수분과 함께 유해 성분을 증발시켜 만든 굵고 육각형인 결정체다. 정제염은 바닷물을 전기분해 해서 불순물과 중금속을 제거한 염화나트륨 결정체다.

천일염은 칼슘, 마그네슘, 아연, 칼륨, 철 등의 무기질과 수분이 많아서 채소나 생선 절임에 좋고, 김치를 담그거나 간장, 된장 등을 만들 때 주로 쓰인다. 천일염에는 좋은 무기질이 많은 만큼 독성물질도 다소 있으나 김치를 담그거나 간장, 된장을 만들면 발효되면서 유해 성분이 사라진다.

전라남도 신안군은 국내 천일염 생산량의 65%, 국내 염전 면적의 절반 이상을 차지하며 품질도 세계적으로 뛰어나다. 또 백령도 부근에서 생산되는 유황 성분이 함유된 소금도 상품으로 친다. 우리나라 천일염은 알칼리성이며 염도는 약 88% 정도다.

현대 의학의 주류는 미국을 중심으로 발전했다. 미국은 천일염이 아닌 정제염을 주로 사용한다. 정제염은 99%가 염화나트륨이라 인체에 해로울 수밖에 없다.

TV에 방영된 '차마고도' 다큐멘터리를 보면 히말라야 고원에서 사는 가축 산양은 악조건에서도 생존 조건을 충족하기 위해 사람의 소변을 핥아먹는다. 염분을 보충하려는 것이다. 체내에 소금이 부족하면 병들어 폐사하기 때문에 주인은 먼 거리를 찾아가 소금을 구해와서 먹인다.

인간은 약 90종류의 원소로 이루어졌다고 한다. 지구상에서 인간과 비슷한 원소를 지닌 물질은 소금으로, 약 80종류의 원소를 지니고 있다고 한다.

지구상의 모든 생물은 소금이 부족하면 생리 활동에 나쁜 영향을 미쳐 성장이 둔화하고 병에 노출하게 된다. 소금에 함유된 물질 중에 인체에 해로운 물질은 비소다. 비소는 800도 열을 가하면 기화해 사라진다. 따라서 비소 성분이 없는 구운 소금이 좋다는 것이다.

죽염은 1600도에서 대나무 통에 넣어 소나무 장작으로 9번 구워낸 것이다. 이런 과정을 거쳐 유황 성분을 함유한 소금으로 재탄생한다. 죽염은 흔히 약용으로 사용한다.

근래 들어 소금에 대한 의학적 재평가가 이루어지고 있으니 다음 이야기를 소개한다.

*초등학교 때 아버지 손을 잡고 시골에 가면 할머니께서 귀여운 손자를 반

가워하시며 맛있는 음식을 해주셨다. 과식해서 배탈이 나면 부뚜막에서 왕소금 한 입을 넣어 주고 배를 문질러 주시면 소화불량이 해소된 경험이 있다.

*미국 레이건 대통령의 대장암 치료 주치의 신야 히로미 박사는 저서《불로장생 탑 시크릿》에서 썼다.

'소금이 고혈압의 원인인 것은 정제염을 먹은 경우다.'

*도쿄대학교 의대를 졸업한 국제자연의학회장인 혈액 생리학자 모리시타 게이이치 박사는 저서《암 퇴치 작전》에서 주장했다.

'병은 인체를 구성하는 체세포가 생리적 범위를 넘어 이상 현상을 나타낸 상태다. 이상을 바로잡기 위해서는 혈액을 정상화해야 하는데, 그러려면 음식물을 바로 잡아야 한다. 식생활 개선이 곧 병을 예방하고 치료한다. 이런 자연 치유력은 소금 없이는 작동하지 않는다.'

*일본 혈액학회가 인정한 혈액 전문의 다카하시 히로노리 박사는 저서《혈액을 살리자》에서 강조했다.

'혈액을 맑고 깨끗하게 유지하려면 무엇보다 생활 습관이 중요하다. 여기에 물과 효소와 천일염 음이온이 꼭 필요하다는 점을 기억하기 바란다.'

*국내 원로 심장내과 전문의 이종구 박사는 TV 건강 프로에서 말했다.

"소금을 가장 적게 먹는 그룹이 높은 사망률을 보인다."

*TV 건강 프로에 자주 등장하는 동양 한의학자 선재광 박사는 주장했다.

"소금은 녹슬고 늙은 혈관을 회춘시킨다."

장인어른의 100세 장수 전략 실패기

내 장인어른은 대단한 애주가셨다. 80대 후반에도 기분이 좋을 때면 반주를 하셨는데, 옛날 대포 청주 세대라 그러신지 맥주 글라스 추억을 잊지 못하셨다. 소주를 따라드리면 바로 드시지 않고 옆에다 큰 맥주 글라스를 놓고 거기에 줄곧 붓다가 가득 차면 원샷으로 캬아, 단숨에 목으로 넘기셨다.

10여 년 전 가벼운 뇌졸중 현상이 있어서 약을 드신 후부터 부작용으로 심한 변비가 시작되었다. 변비가 심해지니 드시는 게 자유롭지 않아 사는 재미를 잃었다고 하시면서 식사량도 많이 줄어들기 시작했다.

그래서 내가 효소로 조절해드려 변비가 개선되니 아주 좋아하시더니 다시 반주를 즐기셨다.

"이젠 변비가 와도 효소라는 비방을 알았으니 걱정은 묶어 두었네."

내가 처가를 방문하면 늘 그러시며 농담을 하셨다.

"어, 큰 사위 왔는가? 아니, 병원 김 원장님 오셨네."

그리고는 하이파이브로 손바닥을 마주치곤 하셨다.

"100세 장수를 위하여!"

내가 보건대 89세에 그 정도 체력과 정신력이면 로망의 100세도 가능하다는 생각이 들었다.

그러던 어느 날, 장모님이 며칠간 교회 부흥회에 가시면서 장인 드시라고 음식을 잔뜩 만들어 냉장고에 넣어 놓으셨는데, 전혀 드시지 않았단다.

"이 나이에 나 보고 무려 일주일이나 직접 음식을 꺼내 차려 먹으라니, 참으로 기가 차다."

기회는 이때다, 하고 평소 좋아하시는 돼지고기에 소주를 반주 삼아 무려 일주일을 그것만 드신 것이다.

집에 돌아오신 장모님으로부터 전화를 받은 아내가 걱정했다.

"아버지가 양쪽 발이 많이 부으셨다네요."

냉장고 음식은 그대로 두고 돼지고기에 소주만 드셨다니 아이고, 큰일 났다 싶어 여쭈어보니 그러셨다.

"맛있고 영양가 있는 돼지고기가 몸에도 훨씬 좋제?"

"그렇게 하시면 안 되고 밥심이 있어야 100세 장수 목표를 달성하시지요. 꼭 식사하세요."

몇 번이고 부탁했다.

그러고 사흘 후, 병원에 입원하셨다고 해서 가보니 뇌졸중이 재발하셨단다.

그런데 바로 이틀 후, 갑자기 시력이 떨어지고, 입을 벌리고 주무시고, 별로 드신 것이 없는데도 소변을 자주 보는 현상이 나타났다.

인체의 에너지는 포도당이다. 포도당은 곡물이나 채소, 과일에서 얻어진다. 그러니까 체내 에너지가 완전히 고갈된 것이다. 자동차가 주행하다 기름이 떨어져 멈춘 현상이었다.

이럴 때 인체는 체내 지방을 에너지원으로 쓰기 시작한다. 그러면 부작용으로 케톤체라는 독성물질이 쌓이는데 이것이 미세한 모세 혈관을 공격하게 된다.

케톤체는 아세톤체라고도 하는데, 주로 간에서 지방산이 산화해서 생성된다. 케톤체의 공격을 받으면 미세혈관이 많은 폐와 눈, 신장에 손상이 와서 이런 증상이 발현된 것이다.

장인어른은 불행하게도 병원에서 운명하셨지만. 변비를 고쳐 드리니 자만하시고 섭생에 절제를 못 하셔서 100세 장수는 실패하고 말았다.

참 애석한 일이다. 약 드리고 병 드린 것 같아 죄스럽기 그지없다.

천천히 꼭꼭 씹는 사람이 행복하다

나는 TV에서 '고독한 미식가' 프로를 자주 본다. 일본의 원작만화를 소재로 해서 일본의 맛집을 찾아다니며 메뉴를 소개하는 드라마로, 국내 식객 허영만 씨 프로와 비슷하다. 마츠시게 유타카라는 배우가 고독한 미식가 이노가시라 고로 역을 맡았다.

이 배우는 일본 영화에서 야쿠자 역할을 많이 했는데 그것도 대부분 중간보스나 부두목 정도 역할로, 두목 앞에서 항상 구부정하게 고개를 숙이고 땅을 보고 대사를 할 때가 많았다. 부하들한테 명령을 내릴 때도 구부정하게 숙이고 말을 했다.

이 프로를 자주 시청하다 보니 일본인의 음식 씹는 모양을 유심히 보게 되었다. 우리는 주로 어금니로 아작아작 씹는데 그들은 앞니로 우물우물 씹는 모양을 보게 된다. 마치 틀니를 끼고 조심스레 씹는 입 모양이다.

두 나라의 식습관을 보면, 생선 도미도 같은 돔 종류인데도 한국인은 검은 돔을 좋아하고, 일본인은 붉은 돔을 선호한다. 붉은 돔의 육질이 부드럽

〈고독한 미식가〉

다. 그들은 부드러운 걸 좋아한다.

음식은 혀에서 맛을 느낀다. 기본 4대 미각으로 단맛, 짠맛, 신맛, 쓴맛에 더불어 최근에는 감칠맛을 더해 5대 미각이라고 한다. 음식이란 이렇게 혀에서 느끼는 5가지 맛을 음미하는 것이다.

여기에 한국인만의 독특한 맛이 있다. 주로 지상파 방송의 오후 6시 언저리에 각 지방 토산 음식을 소개하면서 출연자에게 맛에 대해 질문하면 이런 평이 많이 등장한다.

"쫄깃쫄깃해서 맛있어요."

'쫄깃쫄깃'은 혀에서 느끼는 맛이 아니라 치아로 씹을 때의 느낌인 촉감이다. 그러나 음식에 관한 느낌은 나라마다 고유의 민족 문화이기에 호불호의 논의 대상은 아닐 것이다. 맛을 느끼는 방법이 그만큼 더 많으니 미각이 더 우수한 민족이라 해야 할까.

그런데 단순히 건강 측면에서만 본다면 질긴 것보다 부드러운 게 소화에 대한 부담이 덜하지 않을까? 병원에서도 환자에게 부드러운 음식을 제공하지 않는가. 그래도 '쫄깃쫄깃'한 촉감을 즐긴다면 대신 씹는 횟수를 늘리면 되지 않을까?

여기서 음식을 씹는 일, '저작(咀嚼)'의 중요성은 아무리 강조해도 지나치지 않다. 인간의 뇌도 운동이 필요한데 딱딱한 두개골로 보호받고 있어서 운동할 수가 없다.

뇌의 가장 쉬운 운동은 바로 이로 음식을 꼭꼭 씹는 것이다. 그러면 운동효과가 뇌로 전해져 혈류가 증가하고 뇌가 더 튼튼해진다고 한다. 음식을 천천히 꼭꼭 씹으면 입과 턱의 자극이 대뇌의 해마와 편도체에 전달되어 뇌가 크게 활성화되는 효과가 있다는 것이다.

아이들의 두뇌 회전력 향상, 고령자의 치매 예방에도 꼭꼭 씹는 습관이 중요하다. 음식물을 입안에서 잘게 씹어 소화액과 접촉하는 면적을 넓히고, 타액과 잘 섞이게 하면 소화관에서 소화흡수를 돕는 데에도 큰 역할을 한다.

일본의 방사선과 화학물질 독성 연구가인 니시오카 하지메 박사는 저서《씹을수록 건강해진다》에서 '잘 씹는 습관'은 독성제거능력과 밀접한 관계가 있으며, 생활습관병, 암, 유해물질 등으로부터 인체를 지켜주는 쉽고 강력한 건강비결이라는 사실을 과학적으로 밝혀냈다.

그는 세계 최초로 타액의 독성제거 능력을 연구해 국제적으로 권위를 인정받았다. 그는 타액의 중요성을 강조하며, 바쁘다는 핑계로 씹기를 소홀히 하는 현대인들에게 씹기의 중요성을 역설한다.

유아 아토피와 식습관도 연관성이 있으며 특히 꼭꼭 씹기가 아토피를 예방하는 효과가 있다는 것을 밝혀냈다.

유아 아토피 환자의 공통적인 특징은 이런 것들이다. 식탐이 많고 자주 음식을 먹는다, 밥 먹는 시간이 매우 짧거나 시간은 길어도 씹는 횟수가 턱없이 부족하다, 편식하며 육류를 좋아하고 채소를 싫어한다, 인스턴트 식품을 즐겨 먹는다, 튀긴 음식이나 구운 고기를 좋아한다…….

그러므로 특히 아이들은 급하게 먹는 습관을 버리고 꼭꼭 씹는 습관을 길러야 한다. 천천히 먹는 식습관은 만복 중추를 자극해 과식하지 않아도 배부르다는 느낌을 주기 때문에 체중조절에도 도움이 된다.

그러니까 껌만 씹어도 면역력이 강해져 인생이 달라진다는 사실을 꼭 기억해야 한다.

우리 한국인은 성격이 급한 편이어서 천천히 꼭꼭 씹는 사람이 많지 않다. 근래에 한국인의 위장질환이 급증한다는데 이런 이유 때문이 아닌지 생각해 볼 일이다.

유아 아토피 이야기가 나왔으니 말인데 수년 전 죽마고우로부터 전화가 왔다.

"손자가 태어났는데 아토피 증세가 보인다네."

"뭐? 이제 막 태어난 갓난아이가 아토피라니?"

흔히 아토피는 음식을 잘못 섭취했거나 공기 오염, 먼지, 진드기에 노출될 때 유발되는 것으로 생각해왔다.

그러나 신생아, 이제 막 태어난 아기가 아토피라면 상식적으로도 후천적 환경에 오래 노출되었을 리는 없다고 생각되었다.

곰곰이 생각하다가 수년 전 신문 기사에서 본 내용이 떠올랐다.

'요즘 젊은 산모들은 태아가 성장하는 양수 염도가 정상수치인 0.9에 못 미친다고 한다.'

인간 혈액의 염도는 0.9다. 병원에서 환자에게 투여하는 생리식염수의 염도도 0.9다. 그러면 왜 젊은 여성들의 양수 염도가 정상치보다 낮을까?

나름대로 생각해 보니 요즘 젊은 여성들은 오래된 전통 식습관을 싫어해서 김치, 된장, 고추장, 각종 장아찌보다 서구화된 청량음료, 주스, 콜라, 유제품, 과자류 등을 많이 섭취하므로 결국 소금 섭취가 부족해서 그런 게 아닌가 생각되었다.

그래서 태아가 간간한 소금물 양수가 아니라 달짝지근한 설탕물 속에서 성장하게 되는 환경으로 변해 버린 것이 아닐까?

체내 당분이 증가하면 체질이 산성으로 변하고 염증이 증가하며 면역력이 저하하는 현상이 발생한다. 체내 염도가 정상치인 0.9 이하로 떨어져 전해질이 부족할 경우는 피로감, 현기증, 무기력증을 유발한다.

아토피는 참 까다로운 질환이다. 부모의 잘못된 섭생으로 신생아가 이런 질환에 노출되는 불행은 막아야 한다.

박지성 선수 탱크 체력 어디서 나올까?

축구로 한 시대를 풍미한 박지성 선수는 유럽 선수들과 비교해 왜소한 체구에도 힘차게 그라운드를 누비는 체력에 궁금증을 가진 팬들이 적지 않았을 것이다. 소속 팀 맨체스터 유나이티드는 명문구단인 만큼 선수들의 체력을 관리하는 전문가들이 과학적인 세심한 관리를 할 것이다.

나도 당연히 그런 관심을 가졌다. 그러다가 10여 년 전 박 선수 자신이 유튜브에서 섭생관리를 어떻게 하는지 팬들에게 공개한 글을 읽은 적이 있다.

축구는 다른 경기보다 체력소모가 많으니 당연히 힘이 나도록 시합 전에 고기를 배불리 먹을 것으로 생각할 수 있는데, 그런 예상은 여지없이 빗나가버렸다.

"시합을 나가기 2~3일 전부터는 스파게티를 먹습니다. 젊으니까 시합이 끝나면 고기를 먹고 싶지만 컨디션이 좋을 때만 먹지요."

TV에서 동물의 세계를 보면 평야에서 사자가 풀만 먹는 사슴을 공격할 때는 기껏해야 200m 정도 뒤쫓아가다 포기하고 만다. 육식동물은 순발력

골을 넣고 히딩크 감독에게 달려오는 박지성 선수

은 있으나 지구력은 없다. 밭을 가는 소는 지구력이 발군이다.

힘의 원천인 에너지 공급원은 포도당을 공급하는 식물, 즉 곡물이나 풀이라는 것이다. 빨리 키우기 위해 육류 내장을 먹여 사육된 가축을 인간이 섭취하면 어떤 결과가 올까? 육류의 양이 아니라 품질 관리가 철저해야 하는 이유다.

조물주가 준 섭생법을 벗어나면 무서운 결과가 오는 것이다.

생활 습관병은
약이 아닌 생활로 고쳐야

인간이 시달리는 만성질환인 고혈압, 당뇨, 관절염, 암 등을 과거에는 성인병이라 불렀다. 성인만 걸린다는 의미다. 그런데 요즘은 어린아이들도 다양한 음식과 가공식품, 고칼로리 음식을 과식하며 운동이 부족하다 보니 소아당뇨, 고혈압 등에 노출되기 시작했다.

따라서 2000년대 들어 현대 의학계는 성인병이라는 과거의 정의를 생활 습관병으로 바꾸어 놓았다.

그렇다면 병은 그 원인을 제거해야 완치되는 게 아닌가? 흔히 고혈압과 당뇨는 한 번 약을 먹기 시작하면 평생을 먹어야 한다고 말한다.

과연 이게 정답일까? 평생 먹어야 한다면 치료가 아니라 현상 유지를 위한 관리 아닌가? 고혈압으로 병원에 가면 약을 처방해 준다. 생각해 보면 이상하지 않은가? 생활 습관에서 온 병이라면 약을 줄 게 아니라 생활 습관을 고치도록 지도하는 것이 옳지 않을까?

생활 습관이란 올바른 섭생과 적당한 운동, 질 좋은 수면 같은 것이 될 것이다. 약으로는 생활 습관을 고칠 수 없다. 그리고 약은 반드시 독성이 남고 내성이 생긴다. 약을 사용하지 않고 스스로 치유되도록 노력하는 것이 필요하다.

습관은 스스로 노력해 고치면 된다. 양질의 수면은 섭생과 밀접한 관계가 있다. 소화 능력이 떨어지는 노년에는 특히 저녁에 과식을 자제하고, 소화가 잘 되는 식사를 늦어도 저녁 8시 이전에 마무리해야 한다. 최소한 잠자리에 들기 2시간 전까지 말이다.

잠잘 때는 위장이 편해야 수면유도 호르몬인 멜라토닌 분비가 원활하고 다음 단계로 성장호르몬이 분비된다.

노인에게도 성장호르몬이 필요하다고? 그렇다. 노인에게 성장호르몬은 낮 동안의 활동으로 피로해진 물질을 제거하는 역할을 해서 다음 날 아침 일어났을 때 몸을 가뿐하게 만들어 준다.

다시마가루로 샴푸 하면 10년 젊어져

다시마가루로 샴푸 하며 카톡 하기

오늘 아침에 내가 샴푸 하는 모습이다. 샴푸 중 지루해서 카톡을 한다.

아직 회사에 다닐 때, 여직원이 한마디 했다.

"부사장님은 회춘하신 것 같아요. 머리가 전보다 검어지고 머리카락이 많이 나셨어요. 사모님이 잘해 주시나 봐요."

다른 사람이 인정해주니 효과가 있는 모양이다. 나는 다소 번거롭더라도 다시마를 빻은 가루로 샴푸를 한다. 다시마는 머리카락과 성분이 유사하다고 한다.

물 100cc에 다시마를 말려서 빻은 가루 한 숟가락을 넣고 잘 섞어서 머리에 바르고 수건으로 한 시간 정도 싸매고 있다가 물로 씻어내면 된다.

다시마가루 600g에 1만5000원 정도 된다. 그러면 6개월 정도 사용할 수 있다. 가성비도 좋고, 천연물질이라 몸에 해로울 것도 없다.

이렇게 다시마가루 샴푸를 시작한 지 10여 년 된 것 같다.

장수국가 일본이 애용하는 구연산 효능

일본이 세계 최장수 국가라는 것은 이제 많이 알려진 사실이다. 일본인은 도시락을 애용한다. 도시락은 미리 만든 음식이다. 일본은 한국보다 온도와 습도가 높아 식품의 부패가 쉬운 환경이다. 이것을 막아주는 것이 바로 매실 장아찌다.

도시락을 열어보면 흰쌀밥 한가운데에 붉은 매실 장아찌를 볼 수 있다. '우메보시'라고 한다. 문자대로 번역하면 '건조 매실'인데 매실을 소금과 설탕물에 담가서 햇볕에 건조한 것이다. 모양새로 보아 일장기를 연상케 하는데, 그만큼 일본을 상징하는 식품이다.

우리가 겨울에 김장하듯 그네들은 6~7월 매실 철이 오면 가정마다 우메보시를 만들어 두고 먹는다. 우리는 매실청을 담글 때 덜 익은 청매실을 사용하지만, 그들은 다 익은 황매실로 담근다. 5년을 숙성하면 보약이라고 한다.

5년간 숙성한 매실을 다시 매실청에 3년간 재우면 검은 매실이 되는데, 각종 항산화 성분, 식중독과 고지혈 예방, 장을 깨끗이 하는 성분 등이 응축되

건조한 매실을 5년간 숙성하면 보약이 된다고 한다. 5년 숙성시킨 매실을 다시 매실청에 3년 담근 더 귀한 보약(오른쪽)

며 맛 또한 깊어진다. 이렇게 정성스럽게 만든 검은 매실을 하루에 2개씩 식사 때 즐겨 먹고 있다.

일식점에서 생선을 먹고 나면 식중독 방지를 위해 우메보시나 매실차를 준다.

일본에서 근무할 때인 1989년, 일본의 히로히토 천왕이 사망하자 국민이 병세와 투병 중의 섭생에 대해 궁금해해서 당국이 발표했다. 병은 췌장암이며, 수술은 하지 않았고, 말기에는 생수와 우메보시만으로 연명했다는 것이다. 한 나라 천왕의 투병 음식이었다니 신뢰가 간다.

매실의 주요 성분은 구연산으로 체내에 쌓인 피로 물질을 제거하고 세포와 혈액을 깨끗이 하는 기능이 있다고 한다.

서울대병원 신경정신과 과장을 역임하고, '한국융연구원' 원장으로으로 있는 91세 이부영 박사가 언젠가 TV에 출연해, 구연산을 복용해 잔병 없이 지낸다며 노익장을 과시하던 장면을 본 적이 있다.

식용 구연산은 레몬이나 귤에서 추출한 천연물질로 가격도 550g 한 병에

6000원 정도로 저렴하다. 나는 근 5년간 복용하는데 지금까지 부작용은 전혀 없다. 매일 물 100cc에 식용 구연산 1g을 타서, 하루에 2회 복용해 오고 있다. 이부영 박사는 한 번에 5g을 권하는데, 나로서는 너무 새콤해 목을 넘기기가 쉽지 않았다.

이부영 박사는 구연산을 20년 넘게 복용해 놀라운 효과를 얻게 되었다고 한다.

*부인이 온몸에 이상체질이 생겨 두드러기로 고생할 때 구연산을 복용하자 3일 만에 효과가 나타나고, 1주일 만에 완치되었다.

*구연산을 먹고 2~3시간만 지나면 노랗고 탁하게 나오던 소변이 수돗물같이 맑아짐을 직접 체험한다. 이것은 신장과 간장 기능이 신선하고 활발해진다는 뜻이다.

*피로감이 사라진다.

*손바닥, 발바닥, 손톱 밑에 생기는 무좀을 구연산으로 고치게 해주었다.

*여드름도 구연산 마사지로 나았다.

*신장병으로 몸이 퉁퉁 부어오른 사람의 부종도 말끔히 가시게 해주었다.

*술을 마신 다음 날 구연산을 복용하면 숙취가 해소되고 간이 해독된다.

*약국에서 식용으로 판매하는 '무수 구연산'을 이용하면 된다. 물 반 컵(100cc)에 티스푼으로 한 번만 타서 마시는 방법으로 1일 3~5회가량 마시면 최상의 효과가 있다. 이 방법이 번거로우면 500cc 물병에 구연산 5티스푼에 설탕 10g을 타서 다섯 번에 나누어 마시면 편리하다.

주의점은 치아를 부식할 우려가 있으니 마신 후, 맹물로 입을 헹궈주면 된다.

햇볕에 말린 표고버섯, 비타민D의 보고

2022년 6월 15일, 어느 종편 TV에 이런 자막이 떴다.

'호주 모 대학 정밀건강연구센터에서 비타민D 부족은 치매에 결정적 영향을 미친다는 연구 결과 발표.'

지금까지 고령자의 걱정거리 중 하나는 골다공증이었다. 이것을 예방하는 데는 비타민D가 큰 도움이 된다고 알고 있었는데, 더 나아가 치매에도 결정적 영향을 미친다니 눈이 번쩍 뜨였다. 나이 들어 제일 무서운 병이 치매가 아닌가. 언젠가 한 내과 의사가 치매에 걸리면 아무 대책이 없다는 말을 했던 기억이 떠올랐다.

비타민D는 지용성 비타민의 한 종류로 칼슘 대사를 조절해 뼈의 건강을 유지하게 하고, 세포의 증식 및 분화 조절, 면역기능 등에 관여한다.

비타민D가 부족하면 특히 어린이의 뼈가 부드럽고 약해지는 구루병, 골연화증, 골다공증 등 무서운 질환의 위험이 커지고, 각종 심혈관계 질환이나 당뇨병 및 일부 암의 발병 위험이 증가하는 것으로 알려져 있다. 그런데 치매의 발병 원인 중 하나가 바로 이 비타민D의 부족이라는 연구 결과까지 나온 것이다.

비타민D는 피부 세포에 있는 7-디하이드로콜레스테롤이 햇빛 속의 자외선을 받아 생성된다. 그런데 현대인들은 실외 생활이 부족해진 데다 자외선이 인체의 피부 노화와 손상을 촉진하는 주범으로 알려진 탓에, 자외선 차단제를 바르는 것이 생활화되어 있어서 비타민D가 부족할 수밖에 없다. 창문을 통해 햇빛을 받거나 긴 옷을 입으면 비타민D의 합성이 제대로 이루어지지 않는다.

조사에 따르면 우리나라 국민의 90%가 비타민D 부족 상태이고, 결핍 환자가 점점 증가하는 추세라고 한다. 종일 햇빛을 받는 농부나 어부들조차 혈중 비타민D 농도가 정상치인 30ng/mL 미만이라는 것이다.

나이 들면 비타민D를 합성하는 능력이 약해져서 노인들은 특히 위험하다. 장애인이나 노인요양 시설의 노인들은 거동이 불편해서 자주 야외활동을 하기 어려워 90% 이상이 10ng/ml 이하의 심각한 부족에 시달리고 있다고 한다. 그래서 더욱 허리가 구부러지고 골다공증 등 비타민D 부족 증상이 나타난다.

자외선을 못 받아 피부에서 비타민D를 생성할 수 없다면 식품을 통해 섭취하는 수밖에 없다. 일부 전문가들은 음식으로만 비타민D를 보충하는 것을 추천하지 않지만, 햇빛을 피하는 현대인들에게는 다른 길이 없지 않은가. 원자력 잠수함 승무원들은 자외선을 켜놓고 비타민D 부족에 대처한다고 한다.

보건복지부에서 발행한 2015년 한국인 영양소 섭취기준에 따르면 한국인이 주로 먹는 자연식품에는 비타민D가 많은 식품이 그리 많지 않아서 음식 섭취만으로 비타민D를 보충하기는 상당히 어렵다고 한다. 비타민D가 가장 풍부한 음식은 생선류이며, 그중에서도 '등 푸른 생선' 종류에 많이 함유되어 있다.

달걀 등 동물의 알이나 견과류, 우유 및 유제품, 육류의 간 등에도 함유되어 있으나 1일 권장량을 채우려면 상당히 많이 먹어야 한다. 육류 중에는 지방, 특히 돼지기름(라드)에 많이 들어있어서 25g 정도면 1일 권장량을 채울 수 있다고 한다.

그런데 이렇게 중요한 비타민D를 손쉽게 섭취할 수 있는 아주 좋은 방법이 있다. 바로 표고버섯을 태양에 잘 말려 먹는 것이다. 버섯류에 관한 연구에 따르면 햇빛을 많이 받은 버섯은 비타민D 함량이 눈에 띄게 높아진다는 보고가 나왔다. 햇빛이 아니더라도 자외선만 쬐어주면 같은 효과가 나타난

마른 표고 닭고기
굴 소스 비빔라면

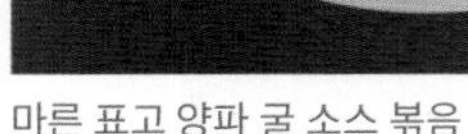

마른 표고 양파 굴 소스 볶음

마른 표고 간장 조림

다고 한다. 표고버섯에 자외선을 받게 하면 비타민D 함유량이 상당히 늘어난다는 것이다. 표고버섯은 말리면 맛도 좋아지고 쫄깃한 식감이 소고기에 뒤지지 않는다. 그러나 요즘은 대부분 태양이 아닌 열을 이용한 건조기로 말리므로 비타민D가 없는 버섯을 섭취하는 셈이다.

나는 요리를 즐기면서 봄이 오면 산나물부터 시작해 매실, 버섯류 등 식품 재료를 많이 말리는데, 제일 큰 장애물이 미세먼지다. 밖에서 태양에 말리다가 미세먼지가 나쁘면 집 안에 들여놓는데 2~3일이 지나면 곰팡이가 생겨서 버린 적이 한두 번이 아니다. 궁여지책으로 가정용 식품 건조기를 마련했으나 이렇게 말려서는 비타민D를 섭취할 수 없다.

올해는 다행스럽게도 잿빛 뿌연 하늘이 눈에 띄게 적어지고, '미세먼지 좋음' 예보가 연일 이어지고 있다. 햇살 좋은 요즘 나는 예년처럼 생표고버섯을 구매해 태양에 말리고 있다. 그러다 보니 표고버섯 요리도 여러 가지 만들었다.

생 표고 태양 건조

쉴 휴(休),
사람은 나무 옆에 있어야 편안해

상형문자인 한자로 '약(藥)'은 '풀 초' 밑에 '즐거울 낙' 자가 붙어 있다. 풀을 만나면 즐거워지며 병을 치료하는 약이 된다는 의미가 아닐까.

인간은 곡류와 채식을 주식으로 하는 동물이다. 인간은 곡류를 갈아먹는 어금니가 있고, 육식동물은 어금니가 없이 찢어 먹는 송곳니가 발달했다.

인간은 태어날 때부터 침 속에 탄수화물을 분해하는 프티알린이라는 소화 효소가 발견된다. 녹말을 당으로 변화시키는 아밀라아제다. 녹말을 가수분해하여 말토스로 만드는 소화 효소다. 그러나 육식동물에는 이것이 보이지 않는다.

내가 요리하면서 무, 당근, 대파, 양파, 청경채 같은 채소류를 냉장고에 넣어두고 수일이 지나면 싹이 돋아나는 것을 흔히 볼 수 있다. 현미도 물에 담가두면 싹이 난다. 생명(세포)이 살아 있다는 증거다.

인간은 이처럼 생명이 살아 있는 신선한 재료를 섭취해야 한다. 식물에는 엽록소가 있어서 태양 에너지를 이용해 탄산가스나 질소 같은 단순 화합물을 탄수화물이나 조단백질로 만든다. 식물은 이를 자양분으로 삼아 생명을 유지하고 성장한다.

스스로 생산 능력이 없는 동물은 식물 없이는 생명을 유지할 수 없다. 엽록소는 조혈작용, 소염작용, 살균작용 기능이 있다.

한자 쉴 휴(休) 자를 보면, 사람 옆에 나무가 붙어 있다. 사람은 나무, 즉 식물 옆에 있어야 몸과 마음이 편히 쉴 수 있다는 의미가 아니겠는가.

은행근무 때 손꼽아 기다리던 휴일이 오면 배낭 메고 산속에 들어가 쌓인 피로를 푸는 것이 큰 즐거움이었다. 풀이 있어 즐겁고, 나무가 있어 편하면 그게 바로 행복이 아닐까?

한자는 아주 오래전부터 상형문자로 시작되어 사물이나 관념을 나타내는데, 오늘날의 과학적 이치와 상통하는 지혜가 담겨있음을 볼 때마다 경이롭다. 아득히 먼 고대부터 경험한 효과를 문자로 표현한 방증이라 생각된다.

맥주보다 더 좋은 천연약효 맥주 효모

효소가 좋다는 이야기를 많이 했는데, 효모(酵母)는 효소의 어머니다. 효소는 인체의 생화학작용을 원활하게 하는 촉매 단백질이다. 과학자들은 체내에 약 2000여 종류의 효소가 생명유지 활동을 한다고 주장한다.

맥주 효모는 맥주의 원료인 호프를 발효하는 과정에 떠오른 물질을 가루로 만든 것으로 천연물질이나 다름없다. 성분은 비타민B2, 아연, 크롬, 칼슘, 셀레늄 등 비타민과 미네랄, 필수아미노산을 포함한 단백질과 섬유질로 이루어졌다.

빵과 맥주, 포도주 등을 만드는 데 사용되는 미생물로 곰팡이나 버섯 무리지만 균사가 없고, 광합성이나 운동성도 가지지 않는 단세포 생물의 총칭이다.

대부분 토양 속에는 살지 않으며 꽃의 꿀샘이나 과일의 표면과 같이 당 농도가 높은 곳에서 생육한다. 당을 발효시켜 에탄올과 이산화탄소를 생산하는 능력을 지닌 것이 많다. 이런 성질이 맥주의 제조나 빵의 발효에 이용된다.

효모 자체는 값싼 지방이나 단백질원으로서 사료에 사용된다. 비타민B군을 풍부하게 함유하고, 비타민D를 함유하는 것도 있으며, 의약품 공업에도 사용된다.

효모는 가장 간단한 형태의 진핵생물로 인간의 세포와 세포주기가 매우 유사하다. 이러한 유사점을 바탕으로 진핵생물의 DNA 복제, 교차, 세포 분화 등의 원리를 효모를 통해 밝혀왔다. 또 인간의 물질대사에 필수적인 많은 단백질과 유사성이 발견되어 현대 분자생물학, 세포학 등에 큰 영향을 미치고 있다.

이러한 우수성을 지녔으면서 동시에 장 계통에 작용하는 약성을 가졌다. 인체 면역의 70%는 장에 집중되어 있다고 하니 장이 건강한 것은 인체에서 절대적인 건강 조건이라 하겠다.

나는 역류성 식도염 증세로 진단되어 치료 약을 처방받았으나 오로지 맥주 효모를 원료로 해서 만든 100% 천연 약제로 치유한 경험이 있다. 주위의 90세 여성도 같은 증세로 병원 처방 약 대신 맥주 효모를 복용해 3개월 만에 완치되어 고맙다는 인사를 받은 적이 있다.

최근에는 맥주 효모를 복용하고 머리가 난다는 소문이 돌더니 급기야 맥주 효모를 이용한 탈모방지 발모용 샴푸까지 생산된다고 한다.

그 말을 듣고 이런 생각을 했다. 암 환자가 항암치료를 하기 시작하면 제일 큰 부작용으로 음식을 먹지 못하고 머리가 빠지는 현상이 나타나는 것이다. 이런 현상은 인체 세포 중에서 증식이 가장 활발한 위 세포와 발모 세포가 영향을 많이 받기 때문이라고 한다. 그런데 이 두 분야가 개선된다면 식품으로나 약으로나 아주 훌륭한 물질이 아닌가.

맛은 어린 시절 영양제로 먹던 원기소 맛과 비슷하다. 최근엔 맥주 효모를 원료로 한 제품들이 국내에서도 생산되고 있고, 맥주 효모 파우더도 인터넷이나 재래시장에서 쉽게 구할 수 있다.

다만 요산을 발생시키는 퓨린 성분이 있어서 통풍환자는 복용하면 상태를 악화할 수 있으니 삼가는 것이 좋다고 한다.

아울러 식도염 환자는 식사 후 바로 눕지 말 것과 누울 때는 왼쪽 옆구리가 방바닥에 닿게 누우면 치료에 도움이 된다는 조언을 드린다.

제 4 장

요리 잘하는 남편이 사랑받는다

우리 집 부엌 싸움은 부부 천재 쟁탈전

우리 집 부엌의 대화 내용이다.

"여보, 올해 김장 맛은 어쩐지 좀 이상하지 않아요?"

"매년 하던 대로 했는데요."

"나는 음식을 2인분 하든 10인분 하든 맛이 한결같이 똑같은데, 당신은 결혼해서 거의 반세기를 살면서 매년 김장 맛이 조금씩은 달라요. 당신 솜씨는 잘 이해가 안 돼요."

내가 보기에 아내는 천재다. 세상에 만드는 데에 레시피가 없다.

"당신은 기억력이 대단해, 천재야."

"당신이 천재지요. 어떻게 많은 세월이 지나도, 요리의 양이 많든 적든 맛이 똑같으니 천재 아니에요?"

하하, 우리 부부는 서로 이해가 안 된단다.

모두 아시다시피 대한민국의 국제적인 위상이 올라가면서 한국 음식도 세계무대에 자주 등장한다. 그런데 외국인은 한결같이 한국 음식 만들기가 어렵다고 한다. 외국인은 머리가 나쁜가? 아니다. 나도 전적으로 동의한다.

한국의 한식 요리책을 보면 이런 표현이 아주 많다.

'한소끔 끓인다.'

'반나절 재운다.'

'한 꼬집 넣는다.'

여기서 '한소끔'은 한 번 끓어오르는 모양새다. '한 꼬집'은 엄지와 검지로 한 번 집는다는 뜻인데 아직 국어사전에도 등재되어 있지 않다. 둘 다 아름다운 우리말이지만 외국인으로서는 이해하기 힘들다. 영어로 번역하거나 통역하기도 쉽지 않다.

심지어 더욱 심한 표현도 있다.

'적당량 넣는다.'

적당량이라니? 세상에 누구의 어느 기준에 적당한 양인가?

'끓으면 불에서 내린다.'

요즘은 타이머를 쓰니 '강한 불에서 몇 분'이라고 세팅하면 불이 자동으로 꺼진다. 그러면 끓을 때까지 지켜볼 필요 없이 다른 일을 해도 된다. 이런 점이 바로 생산성이 아닌가.

그래서 나는 아내에게 묻는다.

"진간장 염도는 얼마요? 국간장 염도는? 식초는 산도가 얼마지? 맛술은 알코올 도수가 어떻게 돼요?"

"그런 걸 아는 여자가 세상에 어디 있겠어요? 그런 여자하고 살아봐요. 머리 좀 아플걸요?"

밥숟갈은 몇cc일까? 티스푼은 몇cc고? 1회 용 종이컵은 몇 cc지? 그러면 집사람이 한마디로 꼬집는다.

"당신은 평상시엔 유하고 이해심이 많은데, 앞치마만 두르면 신경이 예민해진단 말이에요.”

그런데 내가 요리해서 맛이 이상한 적은 없었지 않나.

여기서 참고로 설명하자면 ‘국간장’은 국에 넣는다고 해서 흔히 쓰이는 말인데, 콩으로 메주를 쑤어 세균과 곰팡이에 의해 발효, 숙성한 뒤 소금물을 부어 담그는 재래 간장을 이른다. 조선간장, 한식 간장이라고도 한다. 콩으로만 메주를 만들어 영양분이 풍부하며 담백하면서도 깊은 맛이 난다.

진간장은 기름을 뺀 콩을 쪄서 볶은 밀가루와 섞고, 곰팡이 씨를 뿌려 메주를 띄운 후, 소금물을 부어 6개월가량 발효시킨 양조간장이다.

‘국간장’은 국이나 나물 무침에 많이 사용하고, 진간장은 볶음, 찜, 조림 요리에 잘 어울린다.

요리는 결과물이다. 아무리 비싼 재료로 땀 흘려 만들어도 맛이 없거나 이상하면 안 먹는다. 나는 부부 사이라고 몇 숟갈은 뜨지만, 어린 손자들은 즉각 ‘할머니, 이상해!’ 하면서 숟가락을 놓는다. 그러면 참 허탈하다.

혹시라도 요리에 의향이 있다면 기본에 충실하기 바란다. 시작은 고달플지라도 발전이 빠를 것이다. 재료와 과정을 수치화해서 계량화하면 우리 습관과 달라 적응하기 어려울지 모르지만 그래야 요리가 쉬워진다.

계량화는 표준화다. ‘반나절’이 아니라 ‘몇 시간’이라고 정확하게 계량이 되어야 한다. 이런 식으로 레시피를 기록해 두는 것이 좋다. 우리 한국인의 은근한 정서에는 잘 어울리지 않을지도 모르지만.

어느 해인가, 아내가 컨디션이 좀 그러하니 ‘올해 김장은 당신이 좀’ 하고 부탁해왔다. 그러나 늘 먹는 김치지만 나는 해결이 불가능이다. 매년 하는 김장이지만 우리 집에는 레시피가 없기 때문이다.

그 레시피는 아내의 기억 속에만 존재한다. 이제 고희가 지났으니 기억력이 쇠퇴하면 김치 맛은 끝이다.

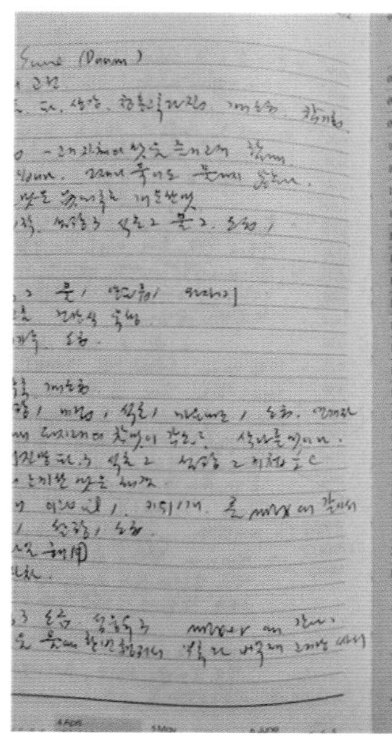

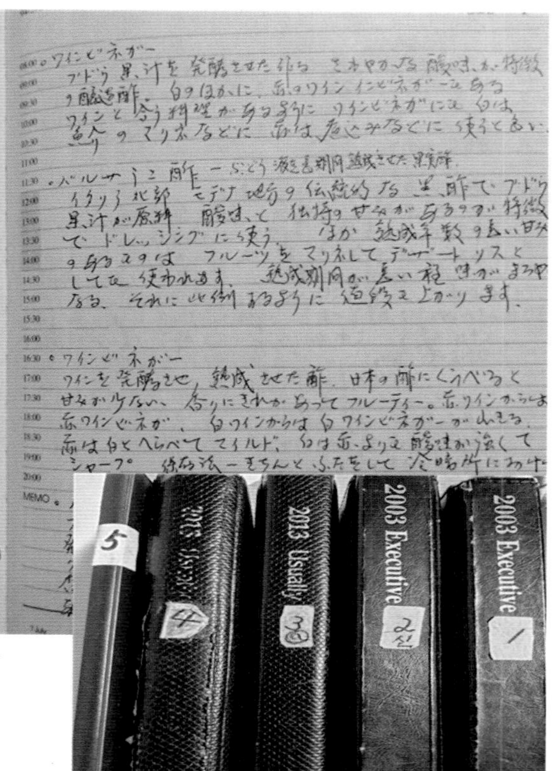

나의 애장품 1호. 손글씨로 직접 기록한
요리 레시피 메모 1800여 페이지

요즘 요리가 대세이다 보니 나에게 레시피를 물어오는 이들이 많다. 무엇이든 그렇듯이 시작이 절반이다. 요리를 잘하면 부부간 사랑이 돈독해지고, 이웃 간에 정도 나눌 수 있다.

요리하는 남자는 부엌 출입이 자연스러워져 설거지도 잘해 주고, 그 날 요리 좋았다는 박수라도 받으면 음식물 쓰레기까지도 들고 나간다. 이 정도면 일석삼조라 아니 할 수 없다.

그래서 나는 천재가 아닌 바보다. 요리 입문 때 '맛있다'는 아내의 부추김에 홀라당 넘어가 오늘날 아마추어 셰프가 되었다. 결과적으로 나를 이렇게 만든 걸 보면 마누라가 진짜 천재다.

음식 잘하는 여자가 사랑받듯, 요리 잘하는 남자가 사랑받는다. 요즘 일본에서 젊은 여성이 선호하는 결혼 대상 1순위는 요리 잘하는 남자라고 한다. 전문직이나 대기업 사원을 제쳤다는 것이다. 요리의 힘이 놀랍다.

여생을 제주도에서
함께 살자는 미국인 판사

우리 집에 초대해서 내가 해준 음식을 먹으며 친해진 미국인 친구가 있다. 내 딸 시누이의 남편, 즉 사위의 매형인 미국 변호사 앤드류 피시킨 씨다. 어젯밤 판사로 등용되었다는 낭보를 받고 나는 약간 고민스럽다.

한국인 부인을 둔 그는 나와는 사돈 사이지만 가까이하면서 정이 깊어졌다. 그가 한국에 오면 꼭 우리 집에 초대해 식사하면서 정을 쌓았기 때문이다. 그가 좋아하는 메뉴는 자극성 없이 담백한 명란 소스 스파게티와 특히 모두 함께 둘러앉아 각자 자기 손으로 생선 초밥을 직접 빚어 먹으며 담소하는 것이다.

보통 사돈지간은 어려운 사이라고 하는데 나는 사돈은 물론 사돈의 사위 식구들과도 좋은 관계를 유지하고 있다. 이런 일을 아는 주위 사람들은 보기 드문 세 가정이 '세상에 이런 일이'와 같은 방송 프로에 출연해 화목한 가정의 모범을 소개하면 좋겠다는 말을 많이 했다.

피시킨 씨는 여러 번 우리 집에 초대해 식사하면서 친해진 후에는 우리 가족을 미국으로 초청해 약 한 달간 미국 서부를 두루 구경하는 기회를 만들어 주었다. 그중에서도 꿈에나 볼 수 있을 듯한 라스베이거스의 우아하고 고급스러운 윙 호텔에 머물며 카지노와 주간, 야간의 화려하고 환상적인 쇼 공연을 관람하는 호사를 누린 것은 오래 잊을 수 없을 것이다.

바로 그 호텔에서 피시킨 씨는 밤에 바에서 함께 위스키를 한잔하면서 나하고 많은 이야기를 나누었다. 그는 인권변호사로서 이민 와서 부당한 대우를 받는 이들을 위해 열심히 일한 다음에는 수입은 변호사보다 적지만 판사가 되어 사회봉사를 한 후, 한국의 제주도에서 여생을 마치고 싶다고 했다.

그런데 이제 그 뜻을 이루게 되어 수입이 많은 변호사직을 포기하고 명예를 택했으니 존경스러운 마음이 든다.

그날 밤, 그는 취중에 나에게 물었다.

"제가 제주도 가서 살게 되면 거기 오셔서 같이 살 수 있겠어요?"

순간 나도 취중이라 시원하게 대답해버렸다.

"오케이, 굿!"

그런데 정말로 판사 등용의 희소식이 날아와 버렸으니 나는 고민스럽지 않을 수 없다. 아직도 제주도 약속을 철석같이 믿고 있으면 어쩌지? 판사를 하고 난 다음 일이니, 판사 일이 그리 쉽게 끝날 수 있을까?

앞으로 판사 정년까지 20년은 근무할 수 있단다. 그때가 되면 내 나이 94세이니 걸어서 제주행 비행기나 탈 수 있을까? 부디 20년 후 정년 때까지 근무하기를 빌어야지, 허허.

변호사 소임을 성실히 수행해 승소율도 높았다고 한다. 그런 다음 사회적 약자를 위해 일한 숭고한 정신을 높이 기려 판사의 영예를 안게 되었으니 축하할 일임은 틀림없다.

평범한 공무원인 미국 이민국 소속 수사관에서 변호사로 올라섰고, 이제

우리 전원집에서 앤드류 피시킨 씨와 함께. 그의 옆은 내 사위(위)
LA에 갔을 때 피시킨 씨 외동딸이 한국 김치찌개 만드는 법을 배우고 싶다고 해서 가르쳐 주었다. 예쁜 딸은 페이스북에서 근무하다 지금은 마이크로소프트에 근무하는 재원이다.(아래)

피시킨 씨 가족은 우리 가족과 함께
동남아 관광도 했다.

"어려운 한인 이민자 돕겠다"

수사관에서 변호사로 변신한 앤드류 피시킨

사무실 주소 15650 Devonshire St. #200 Granada Hills (818)894-7622

(김상목 기자)

<미주 한국일보>에 실린
앤드류 피시킨 씨 기사

판사가 되어 자신과 한 약속을 묵묵히 지켜가는 집념의 사나이 앤드류 피시킨 씨의 앞길에 무궁한 발전이 있기를 기원한다.

그와 내가 맺어지게 된 인연도 요리이니, 음식으로 맺어진 사람들과의 인연이 점점 깊어져 가는 것을 느낀다. 다음 달에 부임하고 내년 봄, 코로나가 잠잠해지면 서울에 오겠단다. 혹시라도 그때 와서 라스베이거스에서 약속한 제주도 이주를 확인하면 어떻게 대답해야 하나?

집에서 만든 고추장이 맺어준 일본인 사업가

20여 년 전 업무를 통해 알게 된 일본기업 H 사장으로부터 2021년 말 메시지가 날아왔다.

'그동안 신세 진 것에 감사합니다. 한국에 가면 바로 연락드릴 테니 만나고 싶습니다. 혹시 일본에서 생각나는 음식물 있으면 알려 주세요. 보내드리겠습니다.'

일본지점에서 근무할 때 보면 은행 고객이 지점장이나 업무 책임자를 방문할 때는 빈손으로 오지 않고 반드시 상대방에 부담이 가지 않을 만한 값싼 과자 같은 것을 선물로 들고 온다. 그네들이 흔히 사용하는 생활용어 중에 이런 말이 있다.

'빈손으로 방문하면 거북해서요.'

즉 상대방에 대한 예의가 아니라는 뜻이다.

H 사장이 처음 우리 회사를 방문했을 때 가져온 선물에 대한 답례로 마땅한 것을 찾지 못해, 그가 한식을 좋아한다는 것을 알고는 내가 집에서 만

든 맵지 않은 약 고추장을 선물한 적이 있다.

그런데 귀국 후 그에게서 전화가 왔다.

전에 주신 고추장은 일본 마트에서 구매한 고추장보다 맵지 않고, 위에 부담이 없고, 고소한 단맛이 돌아, 가락국수(우동)를 비벼 먹었는데 맛있어서 아내와 딸이 애지중지하고 있어요."

그래서 나도 무척 기쁘다고 대답했다.

그 후로 H 사장이 재차 한국을 방문했는데, 딸의 특별한 부탁이라면서 지난번 선물한 약 고추장을 사달라고 했다. 그러나 시장에서 판매하는 것이 아니어서 부랴부랴 집에서 만들어 준 후부터 나와 유대감이 한층 깊어졌다.

나는 회사를 퇴직한 지 어언 4년이 지났는데도 그와 맺은 정을 지금까지 잊지 않고 나누고 있다. 이런 점에서 음식은 국경을 초월한 민간 외교 역할을 충분히 할 수 있다고 생각한다.

H 사장은 내가 음식에 관심이 많다는 사실을 알고 있기에 필요한 음식이 없느냐고 물은 것이다. 지난달 그에게서 또 문자 메시지가 왔다. 곧 한국에 올 텐데 필요한 식재료나 음식이 없느냐고.

내 핸드폰에 일본어 자판이 없어서 영어로 답을 했다. 그는 영어를 잘한다. 이번에 만날 때는 지난번보다 사랑과 정성을 더 가득 담은 약 고추장을 만들어 가야겠다.

손녀 다이어트 식단 만드는 할아버지 셰프

흔히 가족 자랑하면 '팔불출'이라고 한다. 그러나 손주 자랑은 얼마든지 해도 괜찮다는 말이 있으니 한번 해보려고 한다. 나는 손주들을 잘 두었다.

눈에 넣어도 아프지 않을 첫 손녀는 어려서부터 누굴 닮았는지 TV프로에서 아이돌 춤추는 모습이 나오면 그냥 흥이 나서 스스로 일어나 따라 했다. 아이의 부모는 요즘 시대는 끼가 있어야 한다며 본인이 원한다면 수용하겠다고 했다. 유치원 시절부터 경연대회에 출전해 입상하는 저력도 보이기 시작했다.

성장해 가면서 다이어트 관리에 신경을 쓰기 시작하더니 드디어 나에게 다이어트 식단을 만들어 달라고 요청했다. 세심한 주의를 기울여 살이 찌지 않고 적정 체중으로 건강을 유지하는 식단을 짜주었다.

그러니까 할아버지가 부모 대신 손주들 섭생을 지도하는 영양사가 되어버린 것이다. 고생은 좀 할지 몰라도 할아버지는 좋기만 하다. 일할 수 있는 상대와 테마가 있으니 마냥 즐겁다. 손주들이 할아버지와 가까이 대화하며 열

춤추기를 좋아하는 손녀는 경연대회에 나가 상까지 받았다.

심히 자기 삶을 살아간다면 그 이상의 기쁨이 있겠는가?

"캠퍼스에서 남학생들 눈길이 뜨거워요. 모두 할아버지 덕이에요. 할빠, 고마워요!"

이런 말을 듣고도 기쁘지 않을 할아버지가 어디 있겠는가? 황혼기에 살아가는 또 하나의 보람이다.

손자는 남들 다 하는 학원 과외도 받지 않고 학교와 집만 오고 가며 혼자 공부해서 좋은 대학교에 입학했다고 이미 자랑한 바 있다.

그때 축하하면서 소원을 물으니 아이가 그랬다.

"초등학교 3학년 때 할아버지가 해준 꿀 소스 등갈비 조림이 먹고 싶어요."

어릴 때부터 할아버지와 친한 손주는 과외 한 번 받지 않고 명문대 입학

근 10여 년이 흘렀는데 아직도 그 맛을 기억하고 있었다. 그래서 얼마든지 먹으라고 한 접시 가득 식탁에 올렸더니 '엄지 척'을 연발했다.

아무렴, 할아버지 사랑을 가득 담았으니 훨씬 더 맛있을 거다. 앞치마 두르고 부엌 들어가는 보람이 이런 게 아니겠나 싶었다.

이제 대학에 갔으니 머지않아 여자 친구를 데리고 오지 않을까? 그때를 대비해 손자 녀석 스타일 구기지 않도록 더 알찬 메뉴를 개발해 풍성하게 차려내야겠다.

손자 녀석은 어려서부터 유난히 할아버지가 요리하는 모습을 관심 있게 살펴보고, 혼자 실습도 하던 성격이었다. 그래서 성장 과정에 할아버지와 대화를 많이 나누었다.

신데렐라 작물 콩,
더 신데렐라 작물 병아리콩

나는 아이들에게 콩 음식을 많이 먹여왔다. 콩은 여러모로 뛰어난 식료품의 왕이라고 나는 굳게 믿는다. 최고의 식물 단백질을 함유하고 있으며, 체중감량, 골밀도 증강, 유방암 발병률 감소, 혈관 보호 효과 등이 이미 과학적으로 증명되어, '최고의 신데렐라 작물'이 되었다.

콩에 들어있는 단백질의 양은 농작물 중에서 최고이며, 구성 아미노산의 종류도 육류에 손색이 없다. 비타민B군이 특히 많고 A와 D도 들어있다. 비타민C는 거의 없으나 콩나물로 재배하면 싹이 돋으면서 성분에 변화가 생겨 비타민C가 풍부해진다.

우리 민족은 오래전부터 콩을 이용해 간장, 된장, 청국장, 고추장 등 각종 장류를 만들어 먹어왔다. 우리의 이 전통 발효 식품인 장류는 항암 성분을 비롯해 인체에 유익한 갖가지 성분이 들어있는 최고의 자연식품이다. 또 콩을 많이 먹으면 치매를 방지하고, 머리가 좋아진다고 한다.

이처럼 신데렐라 작물이 되다 보니 국산 콩 가격이 다락같이 올라 쉽게 접근하기 어려울 지경이 되었다. 그런데 이를 대신할 흑기사가 짠! 하고 나타났으니 바로 이름도 귀여운 '병아리콩'이다. 이 콩은 섬유질과 단백질이 풍부하고 맛이 구수해 한국인 입맛에도 잘 어울린다.

'이집트콩'이라고도 불리는 병아리콩은 아시아와 중동지역에서 재배하기 시작한 것으로 추정되는데, 인류 역사상 가장 처음으로 재배한 콩류 중 하나로 알려져 있다. 콩알 중간에 병아리 부리처럼 튀어나온 부분이 있어서 병아리콩이 되었을 것이다.

밤 맛이 나는데 씹을수록 고소하며 단맛이 특징이다. 칼슘 함량이 우유와 비슷하며, 또 비타민C와 철분이 풍부해 빈혈과 면역력 증진에 좋다고 한다.

마그네슘, 나트륨 등 미네랄 성분이 많고, 아연이 함유되어 콜레스테롤을 낮추는 데에 효과가 있다. 칼로리가 낮고 단백질 함량이 높아 포만감을 주기 때문에 다이어트 식품으로 잘 알려졌다.

나는 카레나 수프에 많이 사용하며 특히 육류를 넣지 않은 요리에 대신 사용하면 구수한 맛을 낸다. 미리 2시간 정도 물에 불려서 쌀에 섞어 밥을 지으면 맛이 그만이다.

단호박 죽에 넣어 주면 아이들이 너무 좋아한다. 병아리콩, 찹쌀, 단호박, 물을 넣고 끓인 후 도깨비방망이로 갈아내면 고소함이 배가되고 알갱이가 씹히는 느낌이 아주 좋다.

가격도 국산 콩과 비교해 깜짝 놀랄 만큼 저렴하다. 전자상거래나 인터넷을 통해 구매하면 2022년 중반 현재 6kg에 1만6000원 안팎이니 국산 콩의 4분의 1 정도다.

그런데 혹시 이 책을 읽고 독자들이 많이 사기 시작하면 또 값이 올라가지 않을까?

횟감 생선은
죽고 10시간 지난 게 좋다

아는 사람들은 나를 보고 생선회를 잘 뜬다고 한다. 물론 초밥도 잘 만든다. 일식 학원에 다녔느냐고 묻는 이도 있다. 결단코 수강한 적은 없다. 본래 무엇이든 혼자 배우기를 좋아하는 스타일이니 당연하다.

다른 요리와 비교해 일식이 나름대로 배우기 쉬운 이유가 있다. 일식집은 대부분 카운터가 있어서 손님과 요리사가 마주 보고 앉는 경우가 많다. 그래서 요리하는 게 훤히 들여다보인다. 보이는 데서 만들어 바로 접시에 올려주니 즉석에서 맛을 알 수도 있다.

날생선도 훤히 보이는 눈앞의 도마에서 손질하니 포 뜨는 생선 해체법을 곧바로 배울 수 있다. 이렇게 어깨너머로 배워 모든 생선을 다룰 수 있게 되었다.

나는 일식뿐 아니라 어느 식당에 가든 요리하는 곳이 보이는 자리를 원한다. 비싼 밥값을 내면서 한가지라도 배워서 가자는 본전 심리 욕심의 발동이다.

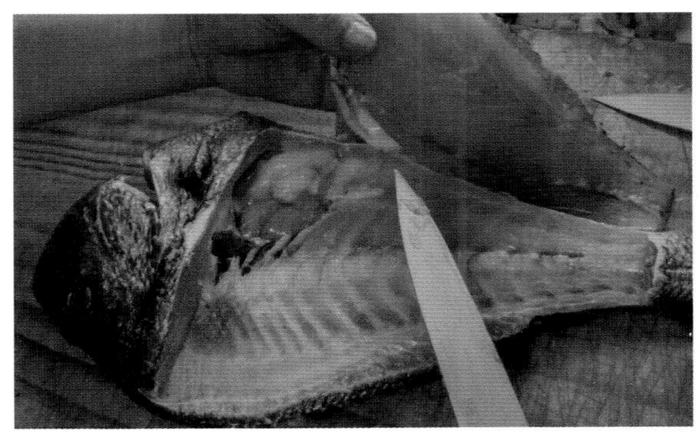

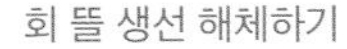

회 뜰 생선 해체하기

죽은 지 10시간쯤 지난 생선의 형태와 눈

요리사는 긍지를 먹고 사는 직업이라고 나는 생각한다. 손님이 맛있다고 칭찬하면 더할 나위 없이 기뻐한다. 일본에 있을 때부터 배우고 싶은 요리가 있으면 식당에 가서 주문해 먹으면서 맛의 비법을 물어보았다.

그들은 자기 나라 사람에게는 여간해서 가르쳐 주지 않는다. 그래서 한국에서 왔다고 밝히고 '정말 맛있다'고 진심으로 칭찬하면서 일부러 서툰 일본어로 물어본다. 외국인에게는 경계심을 풀고 비법을 털어놓는 경우가 많기 때문이다.

일부러 서툰 말로 물어보는 것은 그래야 주인이 내가 말을 잘못 알아듣는다고 생각하고 천천히 쉽게 가르쳐주기 때문이다. 일본의 식당에서 요리를 제대로 배운 나만의 노하우다.

여기서 또 하나 소개할 거리가 있다. 한국 어시장에서 맛있는 생선을 싸게 사는 비법이다. 일본인은 세계에서 생선을 제일 많이 소비하는 민족이다. 그러나 살아 있는 생선을 회로 떠서 바로 먹는 사람은 없다. 그네들의 생선회 미식은 한 수 위라고 할 수 있다.

생선은 죽으면 즉시 사후경직 현상이 일어나 육질이 굳어지고 단백질이 분해, 숙성되지 않아서 바로 먹으면 질기고 맛이 없다. 그래서 바로 잡은 생선을 먹으면서 '싱싱해서 맛있다'라고 하면 틀린 말이라고 해야겠다.

어류는 숨이 끊어지고 난 후 10~24시간 지난 후에 제일 감칠맛이 나고 종류별로 특유의 맛을 느낄 수 있다. 일본인들에게 한국 생선 맛이 어떠냐고, 솔직하게 말해보라고 하면 대개가 질기고 감칠맛이 없다고 대답한다. 금방 잡아 사후경직이 일어난 상태, 즉 살이 굳어진 상태에서 먹기 때문이다.

나는 어시장에 가는 것이 재미있다. 싸게 살 수 있어서다. 살아 있는 것과 죽은 것의 가격 차이는 아주 크다. 이미 죽었어도 살이 탱탱하고, 아가미가 선홍색이고, 눈알 빛이 투명하면서 비늘이 매끈하면 싱싱한 것이다. 회로 먹어도 좋은 상태다. 숙성시키는 수고 없이 바로 먹을 수 있어서 오히려 더 좋다.

아내 친구들 불러
남편이 요리 만들어 대접

나이 든 아들이 앞치마 두르고 부엌에 들어가 요리한다고 하면 돌아가신 어머니가 깜짝 놀라 다시 깨어나실지도 모르겠다. 더구나 아내와 친한 마을 부인들을 불러놓고, 쟁반 들고 부엌을 들락거리는 것을 보시면 이게 무슨 집안 망신이냐고 흥분하실지도 모르겠다. 아니면 요즘은 그런 세상이 되었으니 잘하는 일이라고 칭찬하실까?

집에 손님을 초대하면 손님과 함께 생선 초밥을 직접 만들어 먹는 일이 많다. 생선 5종류 정도를 사서 포를 떠 놓고 일회용 장갑을 끼고 직접 초밥 뭉치는 법을 가르쳐주면 어느 정도 차이는 있으나 곧잘 따라 한다.

각자 자신의 기호에 맞추어 좋아하는 생선 종류를 골라 초밥을 빚는 재미도 쏠쏠하다. 엉터리로 빚기도 하지만 그냥 웃음이 터지고 분위기가 화기애애해진다.

아내는 같은 아파트에 사는 부인들 여섯 명과 분기마다 모임을 했다. 아내 차례가 되어, 이번에는 우리 집에서 내가 홈 서비스 한 번 할까? 그랬더니 두

강화도 야외에서 요리하는 저자(위)
고등학교 은사님 부부 초청 테이블 세팅.
아내 친구들 모임 때도 비슷했다.

손 들고 좋다고 했다.

내가 아래의 차림표와 같은 요리를 준비하고 테이블세팅을 해 놓으니 손님들이 와서 보고서는 깜짝 놀란다. 거기다 '오늘의 차림표'를 만들어 손님들에게 한 장씩 나누어주었다.

"오늘 이런 순서로 요리가 나오니 맛있다고 처음부터 많이 드시지 말고 양을 조절하셔야 할 거에요"

〈오늘의 차림표〉

1. 복분자주 칵테일 2. 방울토마토 마리네이드 3. 중국 간장 무조림
4. 돼지고기 꿀 간장 조림 5. 유자 마요네즈 및 된장 소스 오이 당근 스틱
6. 참치 카레 소스 김말이(셀프) 7. 연어 숭어 생선 초밥(셀프)
8. 흰살생선 된장 무침 9. 바비큐 소스 등갈비 10. 연어 자투리 비빔 초밥
11. 명란 소스 비빔 가락국수 12. 후식 과일 13. 커피나 티

여기서 '셀프'는 앞에서 말한 것처럼 재료를 준비해 식탁에 올려놓을 테니 각자 취향대로 직접 만들어 드시라는 뜻이다.

손님들이 드시는 도중에 고급 요릿집처럼 한 가지씩 내놓으면서 요리 재료와 맛에 대한 설명도 빼지 않았다. 내 설명에 따라 직접 김말이를 만들고 생선 초밥을 빚어보더니 대단한 추억거리라며 너무나 즐거워했다.

후일 들으니, 남편이 집에 초대한다고 해서 김치찌개나 준비할 줄 알았는데 이게 웬일이냐고 하면서, 혹시 내 전직이 호텔 셰프였느냐고 묻더라는 것이다. 우리 아파트에 보기 드문 귀인이 나타났다고 하면서 "대박!"이라고 합창을 하더란다.

이 일이 있고부터 우리 아파트는 각 가정의 남편들이 평소 하지 않던 요리를 만들어 부인에게 서비스하는 일이 붐이 되었다고 한다.

또 어느 집에서는 부부 싸움한 다음 날 부인이 남편에게 초밥을 빚어 주면서 몰래 고추냉이를 눈물이 쏟아질 정도로 넣어 골탕을 먹였다고 해서 모두 박장대소를 했단다.

요리는 이렇게 이웃과 화목하게 하는 역할도 한다. 그날 우리 집에 오셨던 부인 중에는 난생처음 직접 빚어본 초밥이 신기해서 마트에서 생선포만 사와서 애들과 같이 시도한 집도 몇 집 있었다. 그들은 한결같이 집에서 빚는 초밥이 싸고, 쉽고, 제일 맛있더라고 입을 모았다.

그런데 일본식당에서는 초밥은 절대 여자가 빚지 않는다. 생선은 맛이 예민해서 화장수를 사용하는 손에 닿으면 곧바로 맛이 변하기 때문이다. 그래서 초밥을 만지는 남자의 손은 항상 정결해야 한다.

"언제든지 와, 너 좋을 때."

하루는 아내의 통화가 끝나고 누구냐고 물으니 학교 때 제일 친한 친구 두 사람인데, 모처럼 멀리 나가보자고 해서 그냥 우리 집에 와서 하룻밤 자면서 놀자고 했단다.

“밥은 어떻게 하고?”

“아니, 전용 셰프가 있는데 무슨 걱정이래요?”

“어이쿠!”

그런데 웬 부인들이 모처럼 만나니 수다가 그리도 많은지. 오후 3시에 도착해 거의 자정까지 식탁에 앉아 노는데, 계속 요리를 해다 바쳐도 끝이 없었다. 식성도 대단들 하시지.

며칠 후 아내 친구로부터 전화가 왔는데 남편에게 고맙다고 전해달라고 하더라나. 그런데 다음에 한 번 더 남편들과 같이 가면 안 되느냐고 묻더라는 것이다. 그냥 아무 생각 없이 오케이 했더니 부부들이 다녀갔다.

다녀간 부부 두 쌍이 그날 밤 대판 싸움이 났다는 것이다. 당신은 집에서 날 위해 뭘 했느냐고, 친구 남편 하는 것 직접 보지 않았느냐고.

“아야, 너가 시집 제일 잘 갔다. 그런 남자 세상에 없다.”

전화로 그러더라면서 아내가 웃었다. 행복해했다. 덩달아 나도 행복했다. 아내의 제일 친한 친구들이 나의 존재를 인정했으니까.

큰 민어 싸게 사서 동네잔치 하는 법

여름철 보양식으로는 민어가 으뜸이다. 궁궐에서 임금님이 드셔보고 너무 맛있어서 온 백성이 모두 즐겼으면 좋겠다고 칭찬해서 '백성 민(民)' 자를 붙여 이름을 얻게 되었다고 한다.

1960년대 초반까지만 해도 여름이면 서울 남대문시장에는 중돼지만 한 대형 민어들이 많이 들어와서 사대문 안에서 좀 여유가 있다는 집에서는 모두 사다 날랐다. 그래서 바지게에 민어 짐을 지고 가는 지게꾼을 흔히 볼 수 있었다고 한다.

초여름부터 잡히는 민어가 가장 맛이 좋다. 회로 먹고, 매운탕이나 맑은탕을 끓이거나 소금에 절여서 굽고, 튀겨 먹기도 한다. 특히 민어의 껍질을 벗기고 살을 조심스럽게 손질해 전을 부치는 것이 인기가 있다.

알도 조리해 먹을 수 있고, 싱싱한 부레는 가공해 약재로 이용하거나 부레 속에 소를 채운 뒤 쪄서 순대를 만들기도 한다. 부레 맛도 일품이지만 살은 단맛이 돌고, 매운탕은 중간 불로 오래 끓이면 소고기 국물 같이 구수하고 부드럽다.

얼리면 특유의 맛이 사라지므로 싱싱한 민어를 조리하는 것이 좋다. 일반 흰살생선과 같이 체내 지방이 적고 단백질 함량이 풍부해서 맛이 담백하고, 비타민A, B 등 영양소도 풍부하다.

그런데 제철인 여름에는 값이 너무 비싸 서민들은 그림의 떡일 수밖에 없다. 여름철 식당에 가면 민어회 한 접시에 최소한 10만 원은 받는다. 한 접시라야 몇 점 올라가지도 않고.

민어는 클수록 맛있다. 보통 7kg 이상이면 큰 민어로 친다. 수컷이 육질이 단단해서 사람들이 좋아해, 고급식당에서 주로 사 간다.

그런데 민어에 대해 잘 아는 사람이라면 좋은 민어를 싸게 먹는 방법이 있다. 보통 크기의 생민어가 1kg에 3만 원을 한다면 대형인 15kg짜리는 더 맛있으니 보통보다 비싼 4만 원 정도로 여기겠지만 너무 크면 오히려 싸다.

이런 크기는 일반 가정에서 사 갈 수가 없고, 주 고객인 식당에서도 너무 크면 부담스럽기 때문이다. 큰 생물을 사 갔다가 다 팔리지 않으면 시간이 흘러가 팔 수 없어진다. 선도가 떨어져서다.

그래서 지금까지 경험으로 보아, 보통 민어가 kg당 3만 원 한다면 너무 큰 민어는 2만 원 정도면 살 수 있다. 그러니까 15kg이라면 30만 원 주면 된다. 커서 맛있고, 가격이 저렴해서 맛있으니 두 배로 맛있다.

이것을 횡재로 누리려면 통째로 들여와 집에서 해체해서 회를 뜰 줄 알아야 한다. 나는 이런 대형 민어를 싸게 사서 집에서 회를 떠서 아파트 주민 잔치한다. 가까운 주민들에게 한 접시씩 돌리는 것이다.

그 접시에 올라간 민어는 고급식당의 민어 접시보다 양이 배도 더 된다. 그래서 민어 접시를 받은 집에서는 이구동성으로 이런 주민이 우리 아파트에 같이 살고 있어서 너무 행복하다고 외친다.

15kg짜리 암컷 민어(위)
민어 어란 스파게티(왼쪽 아래)
싱싱한 민어는 역시 시원한
맑은탕이 좋다(오른쪽 아래).

"오랫동안 같이 살아요, 이사 가지 마세요."

그러고는 너무 맛있어서 미안하다며 각기 집에서 5만 원씩 모아 가져온다. 접시를 열 개 돌렸으니 50만 원이 들어온 것이다. 다른 곳에서는 맛보기 힘든 대형 민어 잘 먹고 20만 원이나 남았으니 횡재 아닌가. 그러고도 이웃에 인심 쓰고, 폭발적인 인기까지 얻었다.

"우리 다음에 한 번 더 해요."

일반적으로 식당의 재료비는 고작 음식 가격의 30% 정도라고 한다. 음식 재료를 직접 구매해 집에서 요리할 수 있다면 식당 가격의 30%로 즐길 수 있다는 뜻이다.

더구나 혹시 여름철 탱탱하게 알이 꽉 찬 진객 민어라도 만난다면 큰 횡재를 하는 느낌이다. 알이 터지지 않게 조심스레 꺼내 청주로 목욕시켜 비린내를 제거하고, 진간장에 재웠다가 참기름 발라가며 응달진 곳에서 선풍기 바람 쐬며 보름 정도 말리면 딱딱한 어란으로 변신한다.

어란은 고급 술안주로 극진한 대우를 받는데, 이 정도 정성이면 맛있을 수밖에 없다. 얇게 저며 스파게티에 토핑하면 미묘한 감칠맛의 고급스러운 메뉴로 탄생한다.

이처럼 집에서 직접 만들어 먹는다면 요리하는 즐거움이 있고, 가족이 이동할 필요가 없고, 식당에서 눈치 안 봐서 좋고, 무엇보다 청결한 위생에 건강 위주로 요리해 먹을 수 있으니 이득이 하나둘이 아니다. 그러니 아내로부터 외식하자는 말을 들어본 게 언제인지 까마득하다.

내가 직접 요리해서 또 좋은 점은 자식들 불러 집에서 오붓하게 정을 나눌 수 있다는 점이다. 게다가 시아버지이며 장인이며 아버지가 부엌에서 손수 일을 하니 며느리며 사위며 아들도 자연스레 부엌에 들어가서, 아들과 딸과 며느리가 너무 좋아한다.

집에서 밀가루를 반죽해서 생가락국수나 생라면도 시도해 보았다. 쫄깃한 맛이 일품이다. 그 비결은 반죽한 다음 비닐로 여러 겹을 싸서 바닥에 놓고 발로 힘주어 밟는 것이다.

그야말로 호기심은 창조의 어머니다.

'앞치마는 우리 집 행복을 이끄는 최고의 패션이다!'

요리 잘하면
치매 걱정도 줄어든다

나이 들어 주위를 둘러보면 치매만큼 힘든 병이 없는 것 같다. 혹시나 내가 누구냐고 아내에게 물었는데 '큰아들'이라 대답하면 거기서 인생 끝이다.

우리 집 나름대로 특이한 치매 예방 훈련법이 있다. 요리를 좋아하다 보니 우리 집에는 와인셀러를 포함해 냉장고 6대가 돌아간다. 음식을 어느 냉장고 어느 칸에 두었는지 찾기가 쉽지 않다. 만일 제대로 기억이 안 나면 냉장고 6대의 내용물을 전부 꺼내는 소동이 벌어진다.

예삿일이 아니다. 그래서 아내와 약속했다. 냉장고 6대를 두 사람이 나누어 한 사람이 3대씩 내용물을 기억하기로 한 것이다. 자기가 담당한 냉장고의 내용물을 찾지 못하면 벌칙으로 상대방이 원하는 요리를 해주기로 했다.

이전과 비교해보니 결과가 대만족이었다. 정신을 바짝 차리고 있으니까 정확히 기억해 내게 되었다. 치매 예방에 상당한 도움이 되었다. 치매 보험 해약할까?

그런데 새로운 걱정거리가 생겼다. 패자가 없으니 요리 당번이 사라진 것이다. 이럴 땐 아내가 선수를 친다.

"주방장이 하세요. 저는 보조 할게요."

그러면서 내 허리에 앞치마를 둘러준다.

"그럼, 앞으로 주방장 말 잘 들으세요."

나는 그 말밖에 할 수 없다.

요리 잘하는 남편은 사랑받는다. 요리는 치매 예방의 자연치료 비법이다. 그 답은 냉장고 안에 있다.

우리 집사람은 '명절증후군'이란 단어를 모르고 산 지 20년이 넘었다.

"그런 병도 있어요?"

시치미를 뗀다. 그러면서 말한다.

"나는 먼저 저세상에 가도 걱정 없어요. 남편이 요리 못해 재혼한다고 핑계 댈 거리가 없어 좋아요."

사람이 생을 마감할 때 걱정 없이 천상으로 갈 수 있다면 행복한 삶이라고 했던가.

요리애호가의 못 말리는 장대 사랑

생물학적으로 쏨뱅이목 양태과에 속하는 바닷고기 양태를 서해지방에서는 '장대'라 부른다. 생김새가 장대 나무같이 길어서 그렇게 부르는지도 모르겠다.

음식은 추억 속의 맛이 제일 그리울 때가 있다. 어린 시절 바닷가에서 자라서인지 어머님이 해풍에 꾸덕꾸덕 말린 장대를 사 와서 간장 양념을 끼얹어 밥 위에 올려 쪄 주시면 게 눈 감추듯 밥 한 그릇을 뚝딱 비웠던 아련한 추억이 있다.

장대는 서해안과 남해안에서 자생하는 바다 생선으로 비린내와 특이한 향이 거의 없고, 다른 생선과 비교해 살이 단단해 식감이 좋다. 고소하고 담백하다. 내가 어릴 때는 가정에 냉장고가 없으니 자연 바람으로 먹기 좋게 말린 것을 사서 먹었다.

그러나 요즘은 반건조 냉동상태로 판매하는데, 어릴 때 먹던 건조 상태가 아니어서 그런지 옛 맛을 채울 수 없다. 그래서 궁여지책으로 제철인 겨울에 장대를 사서 아파트에서 건조를 시도해보았다. 생선은 기온이 높으면 말리기 어려운데 겨울철 2월 말까지는 파리의 습격이 없어 무리 없이 말릴 수 있었다.

아파트에서 생선을 말리는 데는 두 가지 문제점이 있다. 생선 냄새와 외관상 문제다. 그런데 장대는 맛이 드는 겨울철에는 아파트 주민들이 추위 때문에 베란다 문을 꼭꼭 걸어 잠그니 냄새 문제가 해소되고, 다행스럽게도 장대는 비린내가 적은 편이다.

외관상 문제도 아파트 고층은 일부러 올려다보지 않으면 보이지 않고, 사진과 같이 베란다 철책 뒤편에 걸어 말리면 밑에서 올려다봐도 철책과 구분하기 어렵다.

이웃에 폐를 끼치면 당연히 불평이 들어올 텐데 아직 그런 일이 없었던 것으로 보아 다행이라고 생각하면서도 여전히 조심스럽다.

이런 어려움 속에 태어나 그런지 장대 먹는 맛이 더욱 각별하다. 요리하는 미식가의 특별한 식재료 사랑법이다. 추억의 맛을 되찾으려면 이 정도 땀과 정성은 쏟아야 하지 않을까.

혹시라도 불평하는 세대가 있다면 집에 초대해 융숭한 식탁으로 사과해 볼 셈이다. 그러나 솔직히 미안한 마음은 떨칠 수 없다.

고층 아파트에서 철책에 매달아 말리는 장대

코끝 찡한 마성의 맛,
홍어삼합

늦겨울에서 이른 봄이 제철인 홍어에 돼지고기 수육과 묵은지 얹어 한 입 넣고, 텁텁한 막걸리 한 잔 '카아' 하면 세상 부러울 게 없다. 이런 것이 진정 살 맛 나는 게 아닐까? 이른바 '홍어삼합'에 탁주를 더한 '홍탁'이다.

"막걸리는 깨끼손가락으로 젓어야 제 맛이제, 안 그러냐?"

"깨끼손가락은 어디 있제?"

"새끼손가락에 있제."

홍어에 관한 이야기는 이미 조선 시대 정약전(丁若銓)의 《자산어보》에도 자세하게 설명이 나와 있다. 홍어는 생긴 모습이 연(蓮)잎 같으며, 습성과 먹는 방법, 낚시로 잡으면 수컷 등에 업혀 짝짓기하던 암컷까지 따라 올라오는 이야기까지 재미있게 적혀있다.

또 입춘 전후에야 살이 찌고 제맛이 나며, 술독이 풀리고, 어린아이에게 흔히 생기는 병인 '자라배'에 썩은 홍어로 국을 끓여 마시면 더러운 것이 제거된다고도 했다. 자연 발효 식품인 홍어는 사계절 먹어도 탈이 없다.

전남 서남해안 지방에서는 잔치 음식에 삭힌 홍어가 빠지지 않는다. 이른 봄에 나는 보리싹과 홍어 내장을 넣어 '홍어앳국'을 끓이며, 회, 구이, 찜, 포 등으로 먹는다.

그중에서도 두엄더미에 묻어 삭힌 회를 그대로 먹는 숙회가 가장 유명하다. 예로부터 '1 코, 2 애, 3 날개, 4 살, 5 뼈'라 해서 코 부위를 가장 맛있는 부위로 쳤다.

보통 '삼합'이라고 하면 삶은 돼지고기와 홍어회를 김치와 함께 먹는 요리를 뜻한다. 산해진미라 할 수 있다. 원래는 바닷가에서 귀한 돼지고기를 아껴 먹기 위해 홍어와 김치를 곁들였다고 하는데, 요즘은 홍어가 아주 귀한 몸이 되어 그 반대가 되었다.

그런데 진짜 홍어를 즐기는 사람들은 삼합을 싫어하는 경우도 많다고 한다. 홍어 고유의 향이 묵은지에 묻혀 버리기 때문이다. 영산포나 흑산도 같은 산지에 가면 질 좋은 홍어는 따로 내놓는 경우가 많다. 초고추장이나 기름소금에 찍어 먹으라는 뜻이다.

홍어삼합

주위에서 쉽게 찾아내는 맛있는 요리 팁

*겨울이 제철인 무는 영양가가 많고 단맛이 돌며 시원하다. 진간장을 베이스로 한 소스로 조리면 침이 꼴깍 넘어갈 빛깔로 변한다. 가성비도 발군이라 '이게 도대체 무슨 맛이야?' 할 것이다.

생선회를 먹을 때 무채를 까는 이유는 무에 디아스타아제 성분이 있어서 소화를 원활하게 하기 때문이다.

*우유가 아닌 날달걀로 크림소스를 만들고 차돌박이 토마토 스키야키를 찍어 먹으면 입속이 호강하는 맛의 극치를 느끼게 된다.

*생선도 손놀림의 숙련도에 따라 한 점 음미하고 싶은 충동이 달라진다.

*이탈리아 회 요리 카르파치오. 싱싱한 날생선에 간단한 채소로 토핑하고 위에 우스터소스나 레몬즙 소스를 뿌려, 주로 화이트와인을 곁들인다.

겨울이 제철인 무 진간장 조림

날달걀로 크림소스 만들어 차돌박이 토마토 스키야키 찍어 먹기

카르파치오는 원래 날것 소고기를 얇게 저며, 소스를 뿌려 먹는 이탈리아 전통요리인데 현재는 양고기, 생선, 채소, 과일, 훈제한 식재료 등으로 만든 것도 여기에 포함된다.

*방울토마토 샐러드. 생선을 드셨다면 식중독 예방에 좋은 매실청에 양주 한 방울 가볍게 넣은 방울토마토 칵테일 샐러드를 드시면 좋다.

*흔히 일본 음식은 식재료 본연의 맛이 살아있고 뒷맛이 깔끔하며 깊은 풍미가 있다고 평한다. '혼다시'라는 조미료를 많이 사용해서 그렇지 않은가 싶다. 나도 일본 생활 때부터 익숙해진 조미료다.

'혼다시'는 일본의 아지노모토사에서 개발한 조미료 상표로 가다랑어포인 가쓰오부시를 참나무 연기로 훈연해 만든 과립형 건조식품이다. 입자가 좁쌀만 하며 수분을 잘 빨아들여서 물에 잘 녹는다. 조금만 녹여도 감칠맛이 올라오기 때문에 일본에서 된장국을 비롯한 국물 요리에 빠지지 않는다. 조림이나 나물 무침에도 즐겨 사용한다.

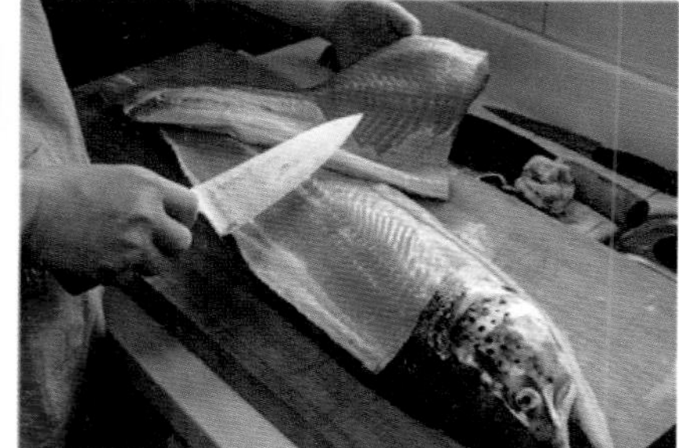

생선을 직접 손질해 초밥을 빚으면
제일 맛있다.

우리는 국물 낼 때 멸치를 주로 사용하는데 멸치보다 비린내가 훨씬 덜하고, 해물이나 육류의 뒷맛을 깔끔하게 한다. 면 요리의 육수나 각종 탕류에 소량 넣으면 부드럽고 풍미가 살아난다.

우리가 사용하는 다시다 같은 개념으로 보면 된다. 음식 맛의 제5번인 감칠맛은 멸치나 가다랑어, 표고버섯, 다시마, 이 세 가지 맛이 어울릴 때 가장 이상적으로 표출된다.

*일본인들은 면을 좋아한다. 고춧가루가 들어가는 매운 양념을 한 면은 없고 간장을 베이스로 한 국물이 주류를 이루기 때문에 그 맛이 깊고 깔끔하며 풍미가 있다. 면 요리는 우리의 멸치와 달리 주로 가다랑어 육수를 사용한다.

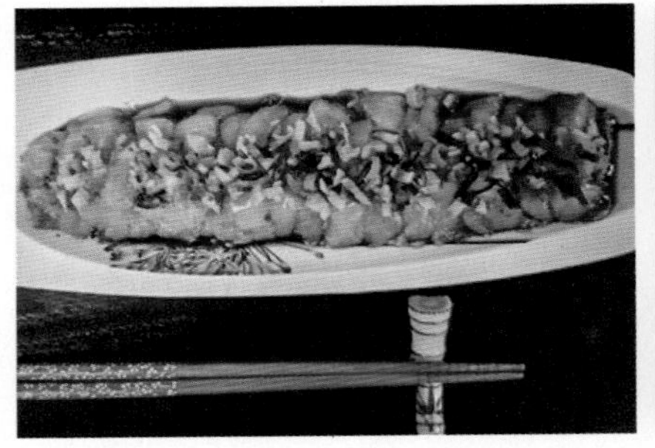

카르파치오

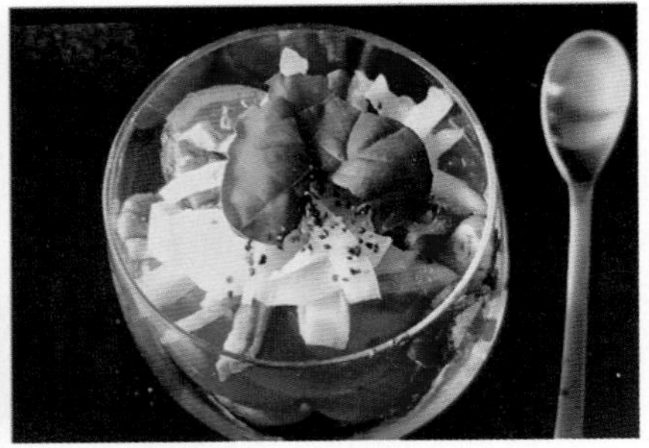

방울토마토 샐러드

나 같은 시니어나 요리 초보자는 집에서 면류 육수를 만들기 어렵고 거추장스럽다. 맛이 아주 섬세하고 예민해서 실수하기 좋다. 그러나 다행히 요즘은 면 요리에 적합한 3배 농축 간장소스로, '면 쯔유'라는 시판 제품을 마트나 인터넷에서 파는데, 가격도 그리 비싸지 않다.

집에서 수시로 만들어 사용하는 것보다 편리하고 비용도 적게 든다. 취향에 따라 물로 희석해서 사용하면 된다. 면류 이외에 일반 간장과 혼합해서 튀김이나 부침, 가락국수 등을 찍어 먹는 소스로도 편리하게 응용할 수 있다.

요즘 국내에서도 제면 기술이 발달해 쫄깃한 식감의 생 칼국수가 시판되어 미식가들의 입을 즐겁게 한다.

덕분에 칼국수도 지금까지 흥건한 육수에 넣어 끓이는 게 아니라 맛이 민감한 '쯔유' 소스에 비벼 즐길 수 있다.

한국에서 파는 혼다시와 쯔유

*스파게티는 이탈리아의 중요한 음식으로 우리나라

우리 집 보물,
식재료 가득한 부엌 찬장

바지락 칼국수같이 국물이 많은 음식이 아니고, 일반적으로 포크로 돌돌 말아서 먹는 음식이다.

어느 날, 구순을 넘긴 장모님이 말씀하셨다.

"토마토 들어간 빨간색 이태린가 하는 탱글탱글한 국수 먹고 싶네."

수년 전 집에 오셨을 때 토마토 수프 홍합 스파게티를 해 드렸는데, 지금도 그 희한한 국수 맛이 그립다고 하신다. 이탈리안 스파게티를 변형해서, 우리네 국물 국수같이 시원하고 새콤한 토마토소스로 맛을 낸 스파게티 국물을 숟가락으로 떠서 드시면서 면발도 맛있고 식감이 좋다고 하셨다.

*수년 전 우리 부부는 두부 요리로 알려진 경기도의 어느 산 좋고 물 맑은 곳에 있는 맛집에 초대받았다. 지역에서 생산한 순수한 우리 콩으로 차린 식단이었으나 아내는 자극적인 맛이 너무 강해서 기대를 충족시키지 못했는지 귀갓길에 귀띔했다.

“여보, 좀 덜 자극적이면 좋겠는데 집에서 한번 해주세요.”

누구 말씀이라고 거역하겠는가? 그래서 만들었다. 참치 캔을 넣고, 달걀은 크리미 형태로 아주 살짝만 익힌 뒤, 들기름으로 마감하는 ‘겉바속부(겉은 바삭하고 속은 부드러운)’ 스타일로 만들었다.

그 이후 가끔 ‘앵콜’ 소리가 들렸으니 육류 지방을 거부하는 다이어트 옹호자의 단백질 보충 음식이 되었다. 맛이 부드럽고 감칠맛이 일품이다.

*우리 집 부엌 찬장에는 내가 즐겨 쓰는 식재료가 수납되어 있다. 내가 요리를 즐기는 것을 아는 친구들이 해외여행 때 선물해 준 송로버섯 오일, 흑해 소금 등 희귀한 재료도 눈에 띈다.

에필로그

민주열사 묘역에서 아버님이 웃어주시기를

경찰에 이끌려 상경하다 피투성이로 추락

나는 가정적으로 큰 아픔이 있다. 아버지가 1971년 6월 25일 국가 공권력에 의해 처참하게 돌아가셨기 때문이다.

당시는 박정희 대통령이 그 얼마 전인 4월 27일 대통령 선거에서 김대중 후보에게 아주 근소한 차이로 어렵게 이기고, 이듬해 10월 유신을 선포하기 1년 전으로 군사독재 공작정치가 극에 달하던 시기였다.

여당인 공화당은 김대중 후보 출신 지역인 목포에서 자기 당 국회의원 후보를 당선시키기 위해 국가 권력기관과 힘을 합쳐 온갖 부당한 노력을 기울였다.

그러나 그것으로도 모자라 투표 결과 조작을 시도하는 과정에서 민간인 추천으로 동사무소 선거관리 부위원장직을 수행하던 아버지에게 갖가지 공작과 회유를 가했다.

아버지는 이에 야합하지 않고 버티다가 서울에 가서 대질 신문을 하자는 경찰관들에게 이끌려 함께 야간기차를 타고 서울로 향했다. 그러나 중도에

아버지 돌아가시기 1년 5개월 전 단란했던 우리 가족

서 기차에서 떨어져 피투성이로 발견되셨다.

내 나이 23세 때였다. 19세에 시작한 은행 생활에 가속이 붙어 이미 두 번이나 특진하고, 서울 본점 자금과로 영전해 은행 내에서 주가가 치솟던 무렵이었다. 앞으로 다가올 영롱한 꿈에 젖어 내 마음이 무한정 부풀어 오를 때였다.

대학 교육기관이 많은 서울로 오게 되었으니 그토록 고대하던 야간대학에라도 등록해 학업을 계속하며, 은행에서 간부로 승진하려면 반드시 갖추어야 할 학력과 실력을 쌓으려고 준비하던 때였다.

그런 황금 같은 어느 날, 그런 처참한 일을 당했으니 그 충격은 말로 표현할 수 없었다. 그러나 이미 내 앞에 닥친 운명을 어떻게 벗어날 수 있겠는가? 목포지점으로 전출을 자원해 어머니와 6남매의 가장으로서 고달픈 삶을 살아야 했다.

아버지의 참사는 주요 언론들이 대서특필해 세상에 알려졌고, 〈조선일보〉는 6월 27일 신문에 다음과 같은 사설까지 게재해 진상 규명을 촉구했다.

[한 투표구 부위원장의 변사를 철저히 규명하라!]

1.

지난 5.25 총선 때 목포시 대성동 제1 투표구 투표용지 100장 분실 사건의 목격자로서 경찰의 조사를 받아오던 동 투표구 부위원장 김창수(金昌洙)가 지난 21일 경찰관과 동승, 밤 열차로 상경하던 중 열차에서 추락해 4일 만인 25일 숨졌다는 소식에 우리는 커다란 충격을 감출 수가 없다.

변사자가 선거부정 사건의 유력한 증인이었다는 사실에서 받는 선입견 때문만이 아니다. 보도에 나타나고 있는 사건 경위에 의하면 너무나 불투명한 구석이 많다.

진실은 소설보다 더 기괴하다는 말이 있지만, 탐정소설의 개요를 읽는 것 같은 착각을 일으키게 할 만한 불가사의가 뒤얽혀 있으니, 앞으로 이 사건은 잡다한 사추(邪推, 못된 의심을 품고 짐작함)를 만들 가능성까지 낳고 있다.

일일이 법조문을 인용할 필요도 없이 수사공무원이 그 업무집행 과정에서 피의자 또는 증인들의 인권이나 명예를 존중해야 한다는 것은 지극히 상식적인 일이다. 그런데 경찰관이 2명씩이나 동행하면서 증인 한 사람의 인권이 아니라 인명 손실을 허용했다는 것은 어찌 된 일인가?

또 다른 증인과 대질을 시킬 필요가 있었으면 그 필요로 하는 다른 증인을 사건 발생 장소를 관장하는 관서로 불러 대질시키는 것이 또한 순리인 것으로 보이는데, 어째서 그 반대 과정을 시도했는지도 알 수가 없다.

꼭 그럴 필요가 있었다 하더라도 대질을 위한 출장길에 무엇 때문에 공화당 소속 인사를 동행시켰으며, 또 그와 증인을 합석시켜놓고서 경찰관들은 이들과 떨어져 있었어야 할 만한 합리적인 이유가 있었는지도 의문이다.

상경 도중 증인 김 씨가 없어졌다는 사실을 안 경찰관들이 중도 하차해서 찾다가 목포로 되돌아갔다고 했는데, 그 후 과연 이들은 실종된 증인 김 씨의 소재를 알아내는 데 즉각적이고도 필요충분한 조치를 했는지도 알고 싶은 점이다.

2.

이상에서 보는 바와 같이 이 사건은 여러 가지 의문으로 인해 안개 속에 묻혀 있는 것이 사실인 이상 우리는 우선 이 사건의 전모를 철저히 규명해주기를 요구한다.

신민당이 26일 이 사건의 진상조사를 위하여 조사단을 현지에 파견했다고 하지만 이와는 관계없이 대검찰청이 직접 이에 개입해 주기를 바란다.

이 사건에 정치성이 개재되어 있는지 어떤지는 수사 결과에 따라 밝혀지겠지만 한 사람의 증인이 두드러진 까닭 없이 대질 신문에 응해 가다가 변사했다는 것은 여간 중대한 문제가 아니다.

한 사람의 목숨은 더할 수 없이 존귀한 것이란 점에서뿐만 아니라, 수사공무원들 업무집행의 난맥상을 척결하기 위해서도 이 사건은 철저히 규명되어야 하고, 그 고의 과실에 따라 엄중하게 처리하지 않을 수 없다.

여태까지 우리는 수많은 선거 부정사건을 겪어왔으나 아직도 그 때문에 사람이 죽는 그런 극도의 혼란은 겪지 않고 있다.

4.27 선거날 신민당 금산지구당위원장의 변사 사건이 발생, 여러 가지 잡음 속에서도 '자살'로 처리된 것을 잊지 않고 있거니와, 다시 이런 사건이 발생했다는 것은 특히 정치적인 시점에서 볼 때 여간 불행한 일이 아니다.

'조용한 선거'의 이미지에 먹칠하고, 그 후유증으로 어떻게 인명의 손실까지 낳게 되었나 하는 의문을 깨끗이 씻기 위해서는 이 사건의 자초지종과 책임 소재가 철저히 척결되어야 한다.

시체를 면밀히 감정하고 사건 정황을 샅샅이 파고 들어가면 이번 사건의 규명은 그렇게 어려운 일이 아닐 것이다. 검찰의 분발을 거듭 촉구해 마지않는다.

언론의 이런 추상같은 사설이 나왔으나 정부나 민간 기관 어느 곳도 진상 규명에 나서지 않았다. 뻔한 노릇이었다. 박정희 정권과 공화당의 서슬이 한없이 시퍼렇던 시절에 감히 누가 목숨을 걸어야 하는 이런 위험한 일에 나서겠는가?

나는 아버지를 선영에도 모시지 못하고 임시로 매장한 채 아버지의 진실을 밝히기 위해 나섰다. 물론 은행 업무에 최선을 다하며 누구에게든 조금이라도 누가 되지 않으려고 힘을 다했다.

그러나 처음에는 어떤 사람을 붙들고 어떻게 물어보아야 할지도 몰랐다. 경찰과 공화당 등 관계기관을 찾아갔으나 누구도 나를 만나주려고 하지 않았다.

마음에 울분만 가득한 채 여러 방법을 모색해 보았으나 도움받을 기관이나 단체나 사람이 전혀 없었다. 당시에 이런 일에서는 피해자인 내가 오히려 무슨 잘못이 있는 사람으로 보이거나 심지어 죄인이나 불량한 사람으로 여

민주화운동유가족협의회 모임. 박종철 열사 아버지, 이한열 열사 어머니, 전태일 열사 어머니, 김성수 열사 어머니, 유가협 장남수 회장, 맨 뒷줄에 필자. 2009년 2월 28일.

겨지기가 더 쉬운 일이었다.

캄캄한 마음으로 세월을 보내다 드디어 '민주화운동유가족협의회'를 만나게 되었다. 아버지를 여의고 15년이나 지난 뒤의 일이다. 1986년 8월 12일, 나도 후일 참여하게 된 유가족 협의회가 창립선언을 했다.

> 오늘 우리는 '민주화운동유가족협의회'의 창립을 선언합니다.
>
> 사랑하는 자식, 남편, 형제를 잃고 창자를 끊는 듯한 슬픔 속에 눈물이 마를 날이 없었던 우리 유가족들은 지금 이 모든 아픔을 딛고 고인들이 썼던 민주주의의 가시관을 받아쓰는 경건한 마음으로 오늘 이 자리에 모였습니다.
>
> 우리 유가족들은 지난 1970년 전태일의 분신 이래 이 나라의 민주화와 민중의 생존권 보장을 요구하다 스스로, 혹은 권력에 의해 민주 제단

에 희생된 고인들의 죽음을 계기로 이 시대의 참담함을 누구보다도 뼈저리게 경험하였습니다. 또 고인들이 하나뿐인 생명을 바쳐가면서까지 목말라 외치던 바를 살아있는 가족들이 함께 실천해 나가는 것만이 그들의 원혼을 위무해 줄 수 있는 길이라 생각하였습니다. (이하 생략)

민주화 운동에 사랑하는 사람을 잃은 이 유가족 협의회는 아무도 들어주지 않는 울음과 애원을 사회를 향해 쏟아내기 시작했다. 처음에는 귀 기울여 주는 이가 아무도 없어서 빈 메아리로만 돌아오던 애원이었다.

유가족대책위
의문사진상규명을위한유가족대책위
운영위원
김 용 문 김창수 자
(110-102) 서울 종로구 평동 75-6 2층
Tel. 392-7504 Fax. 392-7904 HP. 011-9783-3901
E-mail. ymkim@yurieasset.co.kr

의문사진상규명 유가족대책위에서 활동하던 명함.

의문사위원회
'부당한 공권력에 의한 희생' 결론

그러나 시간이 흐르면서 차츰 사람들의 관심을 끌기 시작해 동조자가 생기고 함께 외쳐주는 사람들이 모여들었다. 이들의 끈질긴 투쟁을 거쳐 2000년에는 국가기관으로서 대통령 직속의 '의문사규명위원회'가 출범했다. 독재정권에 저항하다 희생된 의문사를 밝히는 일을 시작한 것이다.

그러나 의문사 관련 정보를 보유하고 있는 국가정보원과 검찰, 경찰, 국군기무사령부 등 무슨 일이든 못 할 일이 없는 권력기관을 상대하기에는 너무나 허약한 위원회로서 수사권조차 없었기 때문에 진상 규명 불능으로 끝난 경우가 더 많았다.

하지만 의문사위는 그들이 할 수 있는 테두리 안에서 최선을 다해 의문에 묻힌 억울한 죽음에 대한 진상을 밝히고 판정을 내렸다.

다음은 2002년 9월 10일 자 <동아일보> A31면에 실린 기사다. '71년 총선 수사 때 변사한 김창수 씨에 대해 의문사위가 공권력에 의한 사망으로 결론 내리다'라는 제목의 기사는 이렇다.

유가족대책위의 의문사법 관련 캠페인(오른쪽 사진도 같은 활동)

의문사진상규명위원회(위원장 한상범)는 1971년 총선 당시 전남 목포시 선거관리위원회 위원으로 근무하다 부정선거 소송과 관련해 대질 신문을 위해 열차를 타고 서울로 가던 중 의문의 죽음을 맞은 김창수 씨가 민주화 운동 과정에서 사망한 것으로 인정된다고 9일 밝혔다.

진상규명위는 말했다.

"당시 투표 직전 김 씨가 투표용지 100장이 부족하다고 신고했으나 이는 단순한 사무착오인 것으로 확인되었다. 그러나 여당인 공화당은 선거에 지자 이를 문제 삼아 부정선거 소송을 제기했고, 경찰 등 수사기관이 김 씨를 회유하고 협박했다."

진상규명위에 따르면 협박에 못이긴 김 씨가 '신민당이 투표용지를 훔쳤다'라고 허위자백하자 경찰과 공화당 관계자는 대질 신문을 위해 임의

동행 형식으로 김 씨와 함께 서울로 향하는 야간열차를 탔다.

이 과정에서 김 씨는 전북 김제역 인근 철로에서 상의가 모두 찢어진 채 의식을 잃고 쓰러진 상태로 발견되어 병원으로 옮겨졌으나 곧 숨졌다. 시신에는 추락으로 인한 손상 외에 외부 충격에 의한 손상도 있는 것으로 확인되었다.

진상규명위는 밝혔다.

"권위주의 정권 시절 올바른 투표가 진행될 수 있도록 한 김 씨의 활동은 민주화 운동과 관련이 있다. 공작 수사가 벌어진 점과 사망 상태 등을 고려할 때 김 씨는 위법한 공권력 행사로 인해 사망한 것으로 판단된다."

그 바로 전날인 9월 9일 MBC 뉴스에서도 같은 내용이 방송되었다. 제목은 '목포 선거관리위원 김창수 의문사는 공권력에 의한 희생 결론'이다.

*앵커 : 30년 전 총선 당시 선관위원으로 근무하다 의문의 죽음을 맞은 김창수 씨가 위법한 공권력에 의해서 희생되었다는 결론이 나왔습니다. 김창수 씨는 신문에 못 이겨 당시 야당이었던 신민당이 투표용지를 절취했다고 허위 자백한 다음 날 숨졌습니다.

*기자 : 국회의원 선거가 한창이던 지난 71년 6월, 한 시계방 주인의 의문스러운 죽음이 온 나라를 뒤흔들었습니다. 목포의 선거관리위원이었던 53살의 김창수 씨. 당시 집권 공화당은 목포 선거에서 패하자 이를 뒤집기 위해 김 씨를 몰아세웠습니다. 경찰은 김 씨를 협박해 당시 신민당에서 투표용지를 훔쳐갔다는 허위 자백까지 받아낸 것으로 드러났습니다. 김 씨는 공화당과 경찰 관계자들에 이끌려 서울행 열차를 탔고, 다음 날 새벽 김제역 부근 논에서 피투성이로 발견됐습니다. 둔기에 얻어맞은 듯 머리에는 피멍이 들어있었습니다.

*당시 김제역 역무원 : (경찰이) 살살 달랩디다. 실언하지 말라, 이 정부에 크게 영향을 미치는 게 있다, 아무 소리 하지 말라고.

*기자 : 아들은 부친을 제대로 묻지도 못하고 한 세대를 기다렸습니다.

*김용문(김창수 씨 아들) : 지금까지도 선영에 모시지 못하고 있습니다. 국가 업무를 수행하다가 억울하게 돌아가셨는데.

*기자 : 의문사진상규명위원회는 김 씨가 타살됐는지 스스로 목숨을 끊었는지 분명치 않다고 밝혔습니다. 하지만 김 씨가 부당한 공권력에 의해 희생됐다는 사실만큼은 부인할 수 없다며 김 씨의 의문사를 공식 인정했습니다.

〈경향신문〉의 백철 기자는 특집으로 '의문사 논란'을 다루면서 아버지에 대해 좀 더 상세하게 기술했다.

> 의문사 당사자들은 느닷없이 달리던 기차에서 추락하거나, 약물중독으로 사망했다. 건강했던 사람이 어느 날 옥중에서 갑자기 병사하는 일도 있었다.
>
> 의문사위를 통해 여러 차례 벌어진 진실규명 노력은 박정희 시대의 어둠을 단편적으로나마 드러냈다. 추락사와 의문의 실종 직전에 공권력의 부당한 감금, 감시, 협박 등이 있었다는 사실이 드러난 것이다.
>
> 실종과 의문사 직전엔 공권력 개입이 있었다. 1971년 의문사한 김창수는 전남 목포의 선거관리위원이었다. 그해 4월 대선에서 박정희 대통령은 김대중 후보에게 힘겨운 승리를 거둔다. 곧이어 제8대 총선이 열리자 박정희는 김 후보의 고향 목포에서 선거대책회의를 여는 등 공화당 후보를 측면에서 지원했다. 그러했음에도 불구하고 김 후보가 속한 신민당 후보가 당선되자 공화당은 신민당이 부정선거를 저질렀다며 소송을 제기했다.
>
> 의문사위는 당시 경찰이 김창수를 여관에 감금한 채 선거부정이 있었다는 허위 자백을 강요하도록 한 사실을 밝혀냈다. 허위 자백이 이뤄진 다음 날인 6월 21일 저녁, 김창수는 추가 조사를 위해 경찰관 2명, 공화당원 2명과 함께 서울로 가는 급행열차에 몸을 실었다가 중간에 실종됐다.
>
> 김창수는 몇 시간 뒤인 6월 22일 새벽에 전북 김제역 인근에서 상의가 벗겨져 찢어진 채 신음하고 있는 상태로 발견됐다. 김창수는 며칠간 병원에서 사경을 헤매다 사망했는데, 당시 경찰은 김창수가 실족사한 것으로 발표했다.

남양주 화도읍 모란공원 민주열사 묘역에 안장된 부모님

의문사위는 1971년 한 일본 법의학자가 김창수의 시체에 있는 상처가 망치로 구타당한 것이라는 소견을 냈다고 밝혔다. 또 김창수와 같은 칸에 탄 것은 공화당원 조모 씨였으며, 경찰들은 다른 칸에 타고 있었다는 점을 들어 의문사위는 김창수의 죽음에 '위법한 공권력의 행사'가 있었다고 결론 내렸다.

당시 경찰이 김창수의 죽음을 사실상 외면하고 내버려 두었다는 뜻이다.

아버지는 결국 '민주화 운동 과정에서 공권력에 의한 사망'으로 결론이 내려졌다. 이렇게 되어 아버지는 남양주시 화도읍 모란공원 민주열사 묘역에 묻히게 되었다.

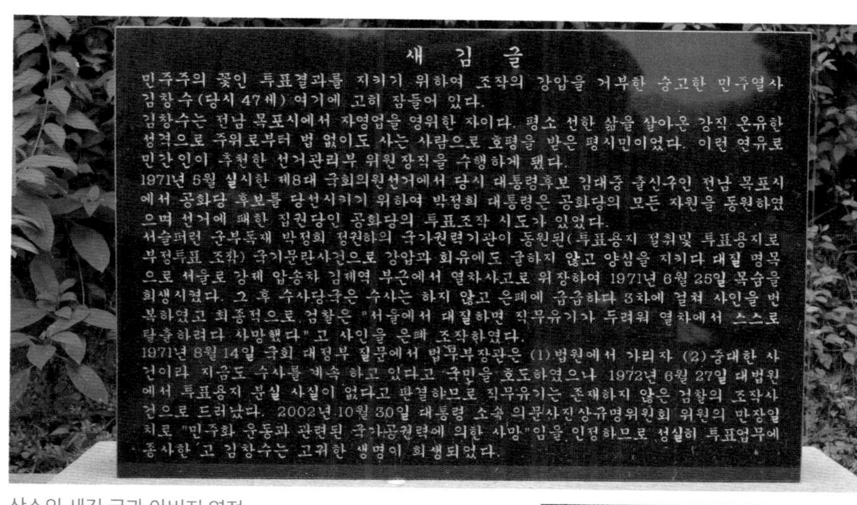

산소의 새김 글과 아버지 영정

산소의 묘석 뒤에는 '새김 글' 비석이 있어서 아버지에 대한 기록이 적혀 있다. 비석에 새겨진 글이 사진에는 잘 보이지 않는데 약간 정리하면 이런 내용이다.

> 민주주의의 꽃인 투표 결과를 지키기 위해 공권력의 조작 요구를 거부한 민주열사 김창수 여기에 잠들다. 그는 전남 목포에서 자영업을 운영하

면서 평소 강직하고 온유한 성격으로 법 없이도 사는 선한 사람으로 알려져, 민간인이 추천하는 선거관리위원회 부위원장에 선출되었다.

1971년 5월에 있었던 제8대 국회의원 선거에서 박정희 대통령이 이끄는 공화당은 김대중 대통령 후보 출신지인 목포에서 자당 후보를 당선시키기 위해 모든 자원을 동원했으나 패하자 국가 권력기관을 동원해 투표 조작을 시도했다.

이때 김창수는 양심을 지키며 강압과 회유에 굴복하지 않다가 서울로 강제 압송되던 도중 6월 25일 김제역 부근에서 목숨이 희생되었다. 수사 당국은 수사보다는 은폐에만 급급하다가 3차에 걸쳐 사인을 번복했고, 최종적으로 검찰은 이렇게 발표했다.

서울에 가면 투표용지를 분실한 직무유기가 드러날까 두려워 열차에서 스스로 탈출하려다 사망했다.'

그러나 다음 해 6월 27일 대법원은 검찰이 주장하던 투표용지 분실 사실은 애초에 없었다고 최종 판결했다. 이로써 검찰이 발표한 직무유기는 존재하지 않는 조작사건으로 드러나고 말았다.

2002년 10월 30일, 대통령 소속 의문사진상규명위원회는 만장일치로 '김창수의 사망은 민주화운동과 관련된 국가 공권력에 의한 것'이라고 인정했다.

이 민주열사 묘역은 굴곡진 현대사의 아픔이 깃든 곳이다. 문익환 목사, 김근태 전 민주통합당 상임고문, 전태일 노동운동가, 박종철 민주 운동가, 용산 참사 희생자들 등 160여 명이 묻혀 있는 이곳은 일 년 내내 추모제가 열리는 '민주화 운동의 성지'라 할 수 있다.

전태일 열사의 어머니 이소선 여사, 전태일 평전을 펴낸 조영래 변호사, 삼성전자 노동자 등도 이곳에 함께 묻혀 있다. 1973년 안기부의 고문으로 사망한 최종길 서울대 교수도 이곳에 안장되었다. 최근에는 백기완 선생님, 노회찬 전 의원, 청년노동자 김용균 등도 이곳에 묻혔다.

그러나 아직도 많은 의문사는 정확히 규명되지 못하고 사고사로 처리되고 말았으니 그 유족들의 마음은 어떠하겠는가?

아버지가 이 책을 읽고 웃어주시기를 바란다.

"그래, 한 세상 잘 살았구나. 수고 많이 했어. 내가 먼저 가면서 너희 앞날이 걱정이었는데 열과 성을 다해 바르게 살아주었구나."

경제적 어려움이 무엇인지 모르는 철없는 시절에 시집와서 녹록지 않은 생활에도 불평하지 않고, 근래에는 효소를 담그기 위해 흙이 덕지덕지 묻은 산야초 세척을 묵묵히 도와준 아내에게 무한한 감사를 보낸다.

아내 시집오기 전 가난한 집으로 가서 어떻게 살려고 그러냐며 극구 말리시던 장모님에게 얼마 전 아내가 그랬단다.

"그 지긋지긋한 햇볕 알레르기에서 해방하게 해주었고, 요리 잘하는 마누라가 남편 사랑을 받듯이, 요리 잘하는 남편을 사랑하는 아내로 살아온 게 진정 행복한 결혼입니다."

결혼한 지 올해로 48년째, 행복한 결혼이란 그런 거라고 말하는 여성과 함께 오늘도 지지고 볶는다, 부엌에서.

장인어른이 돌아가시기 사흘 전 장모님께서 아내에게 급히 전화하셨다.

"김 서방이 해준 음식이 드시고 싶은 모양이다. 아버지가 부추, 숙주 넣은 따끈한 국수가 드시고 싶단다. 육수 맛이 그립다고 하시니 얼른 만드는 법

좀 가르쳐 달라고 해라."

전화를 바꿔 말씀드렸다.

"제가 가서 뵙고 직접 만들어 드릴게요."

황급히 달려갔는데, 좋아하시던 따끈한 메밀국수를 드시고 사흘 후에 생을 마감하셨다. 이승에서 마지막으로 드시고 싶은 음식을 내가 해 드렸다. 작은 식당으로 시작해 유명한 음식점으로 키우며 한평생 요리로 자수성가하신 분에게.

마지막 유언으로 인감도장과 은행 통장을 나에게 직접 맡기고 운명하셨다. 당신이 인생의 도구로 오랫동안 써오신 요리용 칼들도 나에게 남기시고.

소박하지만 이보다 더 큰 보람이 어디 있겠는가? 보람이 있는 곳에 삶의 의미가 있을 것이다.

〈끝〉

열정 행원 '쫄 고졸' 진심 질주

지은이 : 김용문
펴낸이 : 박국용
초판 발행일 : 2022년 10월 5일

펴낸 곳 : 도서출판 금토
경기도 용인시 수지구 태봉로 17, 한양수자인 205-302
전화 : 070-4202-6252
팩스 : 031-264-6254
e메일 : kumtokr@hanmail.net

1996년 3월 6일 출판등록 제16-1273호
ISBN 979-11-90064-10-1 (03810)

값 14,000원